Susan Dominieren 3
Extremer BDSM

Susan Dominieren 3 Vol. 2

Erika Sanders

Susan Dominieren 3
Extremer BDSM
(Erotische Herrschaft)

Erika Sanders
Serie
Susan Dominieren 3 Vol. 2

Zusammenfassung

Susan ist mit vielen der extremsten Elemente des BDSM-Lebensstils konfrontiert...

Extremer BDSM (Erotische Herrschaft) ist ein Roman mit starkem erotischen BDSM-Anteil und wiederum ein neuer Roman aus der Erotic Domination Collection, einer Romanreihe mit hohem romantischen und erotischen BDSM-Anteil.

Es ist auch der erste Teil der Serie **Susan Dominieren 3**, in der die Abenteuer von Susan, dem Alter Ego der Schriftstellerin, in ihrer Facette der Unterwerfung erzählt werden.

Hinweis zum Autorin:

Erika Sanders ist eine international renommierte Schriftstellerin, die in mehr als zwanzig Sprachen übersetzt wurde und ihre erotischsten Schriften, weit entfernt von ihrer üblichen Prosa, mit ihrem Mädchennamen signiert.

Index:

SUSAN DOMINIEREN 3
EXTREMER BDSM
(EROTISCHE DOMINATION)
ERIKA SANDERS

„Stop", schrie Susan und hörte durch den panischen Nebel in ihrem Gehirn das metallische Geräusch, als das Messer zu Boden fiel. Sire begann sofort, die engen Fesseln zu lösen, die sie seiner Gnade ausgeliefert hielten, und nahm das schluchzende Mädchen in seine Arme. Er hob sie hoch, setzte sich in einen übergroßen Ledersessel und wiegte sie wie ein Kind, während sie sich beruhigte.

Sie hatten die letzten paar Tage zusammen damit verbracht, ihre Grenzen zu überschreiten und ihre harten und weichen Grenzen aufzulisten. Susan begann zu akzeptieren, dass kein anderer Dominant sie so gut kennen würde wie Robert, der sie fast ihr ganzes Leben lang gekannt hatte. Sie war auch zu der Erkenntnis gekommen, dass sie trotz ihrer Liebe und ihres Vertrauens zu den beiden Männern, die als ihre Vormunde fungierten, als sie einen Vertrag annahm, selbst einen kurzfristigen, wie bei Sire diese Woche, ihre Grenzen kennen und ausdrücken musste. Während Robert ihr die Wahl gelassen hatte, ob sie bei ihm bleiben wollte oder nicht, hatte er so ziemlich alles andere in ihrem Leben kontrolliert, und sie hatte nie daran gedacht, ihm nicht zu gehorchen, vor allem, weil er ihr klar gemacht hatte, dass das eigentlich keine Option war.

Sire hatte sie hart gedrängt und Susan war seit den ersten drei Tagen in Sires Obhut sowohl geistig als auch körperlich erschöpft. Sie stellte in ihrer Erschöpfung fest, dass sie nicht aufhören konnte zu weinen, obwohl sie sich beim Sitzen in seinen Armen sicher fühlte und der Adrenalinstoß, den ihre Angst durch ihre Adern fließen ließ, verloren gegangen war.

Sire hatte geschwiegen, während er sie festhielt, als ihm klar wurde, dass er endlich die Mauer von Roberts Besitz durchbrochen hatte. Er war in den letzten Tagen hart und grausam gewesen, um ihr klarzumachen, dass es nie wieder einen Robert geben würde, der sie so gut kannte und sie so sehr liebte, dass er ihre Neigungen und Abneigungen nicht erforschen musste, wie andere es tun würden müssen. Wieder einmal verfluchte er Robert im Stillen dafür, dass er der schönen jungen Frau diesen Aspekt des Lebensstils nicht wirklich erklärt hatte. Tatsächlich entsprachen viele der Dinge, die er sie erdulden ließ, auch nicht seinem besonderen Geschmack, aber sie musste wissen, wie weit manche Männer die dunkleren Pfade des Exzesses und der Verletzung beschreiten würden.

Als schließlich keine Tränen mehr flossen, blickte sie mit glitzernden Augen zu Sire auf und sagte leise: „Niemand würde mir wirklich irreparablen Schaden zufügen, oder ? Ich meine", sie schluckte, „Warum sollte jemand ..."

„Für viele Dominanten", sagte Sire ebenso sanft, „liegt der Nervenkitzel in diesem Machtaustausch. Je mehr Sie geben, desto mehr wollen sie. Wenn Sie nicht mutig genug sind, Grenzen zu setzen und ein Sicherheitswort zu verwenden, Es könnte sein, dass nicht nur Ihr Körper, sondern auch Ihr Geist dauerhaft geschädigt wird. Er hob ihr Gesicht zu seinem, während er noch einmal erklärte, warum er sie so sehr dazu drängte, ihre eigenen Grenzen der Ausdauer zu erkennen. „Es wird nie wieder einen Robert geben, der die Zeit und den Willen hatte, dich so gut zu kennen, bevor du zu ihm wurdest. Die anderen Dominanten, denen du auf dieser Reise, auf die du bestanden hast, begegnen wirst, werden nichts über dich wissen, außer dem, was ihnen erzählt wird." kurze Diskussionen und ihr Wissen darüber, wie Robert war. Er grinste, als er sah, wie sich ihre Lippe zwischen ihren Zähnen verfing, während sie darüber nachdachte, was er sagte. „Jeder im Club und sogar die äußeren Kreise unseres Lebensstils wussten, dass er ein sadistisch kontrollierender Bastard war und gingen davon aus, dass man etwas Besonderes sein musste, um seinen Kragen zu erobern, und nicht nur die gewöhnliche masochistische Sklavin ..."

„Ich war kein besonders guter Sklave für ihn", Susan blickte mit tränenreichen Augen zu dem massigen Mann auf, der sie so sorgfältig in seinen Armen hielt. „Ich habe so viele Fehler gemacht und bin weggelaufen und..." Ihre Stimme blieb ihr im Hals stecken, als erneut Schuldgefühle in ihr aufstiegen. Wenn sie nicht so kindisch gewesen wäre, hätte Robert sie nie nach Italien mitgenommen. „Ich war einfach nicht sehr gut darin, das zu sein, was er wollte", endete sie traurig, während Sire schwieg. „Ich brauchte einfach mehr Zeit, ich hätte besser sein können, ich wollte besser werden, er hätte mir alles beigebracht, was ich wissen musste, jetzt ist es nur noch..." Sie zuckte mit den Schultern und ihr kamen erneut die Tränen.

Sire hielt sie weiterhin still, ihre Schuldgefühle und die Wut, die ihr vorausgegangen waren, als er sie das erste Mal traf, befanden sich im Endstadium der Trauer, bevor sie Akzeptanz und Hoffnung für die Zukunft fand, obwohl er diese Hoffnung von Zeit zu Zeit durchscheinen sehen konnte Sie erzählte von ihren Plänen nach ihrer Woche in seiner Firma. Er war überrascht gewesen, das festzustellen, obwohl sie Robert die meiste Zeit ihres Lebens kannte; Sie waren erst seit etwa einem Monat als Paar zusammen. Es erstaunte ihn, dass sie so viel Liebe und Hingabe für Robert empfand, und er wunderte sich über ihren Eifer, einen Weg zurück in das Leben ohne ihn zu finden. Nachdem er sich in den letzten drei Tagen jedoch eingehend mit den Beweggründen der jungen Frau befasst hatte, verstand er nun den Wunsch des immer noch trauernden Mädchens, wieder zu fühlen und zu versuchen, die leere, dunkle Leere zu verdrängen, die seine Abwesenheit in ihrem Leben geschaffen hatte.

„Ich kann immer noch die Dinge tun, die er wollte", sagte sie noch einmal leise, „Ich kann mehr lernen und mehr tun, wie er es geplant hatte", sie holte tief Luft und setzte sich aufrechter, „Ich kann immer noch das Mädchen sein, das er von mir wollte." „Mit deiner Hilfe und der der anderen", lächelte sie schief, „habe ich immer noch die Chance, ihn stolz auf mich zu machen."

„Robert ist weg, Susan, du musst das tun, weil du es willst, nicht weil Robert es wollte." Sire hatte es nicht gemocht, wie sie das gesagt hatte, als könnte er irgendwie zurückkommen und sie für sich beanspruchen, wenn sie ihn stolz machen würde.

„Ich weiß, und ich möchte es wirklich für mich tun. Ich möchte es so sehr, aber ich würde gerne glauben, dass er immer noch irgendwie über mich wacht und glücklich wäre, dass ich immer noch das tue, was er von mir wollte." „Jetzt ist es Meister Andrew", fügte sie hinzu. „Das wird meinen Stolz auf mich zeigen, das ist mir klar, aber er stand Robert genauso nahe wie ich, wenn nicht sogar näher, und es fühlt sich irgendwie richtig an", sagte sie mit einem seltsamen Ton in ihr Stimme.

Sire nickte, immer noch unsicher über ihren Geisteszustand und beschloss, ein langes Gespräch mit Andrew zu führen, um die Sicherheit des Mädchens zu gewährleisten. Er gab zu, dass er zum ersten Mal seit langer Zeit darüber nachdachte, dass es überhaupt keine Schwierigkeit sein würde, ein Mädchen wie Susan zu sich zu nehmen; es könnte in der Tat sehr angenehm sein.

„Geh duschen und mach dich fertig, wir gehen raus", er gab ihr leicht einen Klaps auf den Hintern und grinste. Das ständige Anstoßen und Finden ihrer Grenzen musste fortgesetzt werden, aber er konnte die kleinen Veränderungen an ihr erkennen und war mit ihren Fortschritten zufrieden, trotz seiner Bedenken hinsichtlich ihrer letzten Worte. Sire sah zu, wie sie in den Toilettenbereich ging und ging zu der Stelle, wo ihre Kleidung an einem Kleiderständer in seinem Fotostudio hing. In den letzten Tagen hatte es keinen Bedarf an Kleidung gegeben, und als er mehrere Kleidungsstücke für sie aussuchte, warf er einen Blick auf einige der Fotos, die er in den letzten Tagen von Susan gemacht und ausgedruckt hatte. Sie war eine entzückende masochistische kleine Schlampe, und er nutzte die Gelegenheit, um mit ihr auszugehen und sie, wenn auch nur für kurze Zeit, als seine zu zeigen.

Er entschied, dass der Rest der Woche arbeitsreich sein würde, da er darüber nachdachte, wie er das, was er ihr beigebracht haben sollte, in ein paar gesellige Ausflüge integrieren könnte. Zunächst aber würden sie heute Nachmittag wie versprochen an einer Teeparty mit Sarah und James teilnehmen.

*****

Susan hatte ruhig auf dem Bett gesessen und in das Tagebuch geschrieben, das Sire sie behalten wollte, während er duschte und bequem aussehende schwarze Jeans und ein Hemd mit Knöpfen anzog. Sie sah ihn neugierig an und dachte, dass sie ihn noch nie ohne Lederkleidung und schwarze T-Shirts gesehen hatte. Man hatte ihr ein leichtes Babypuppenkleid zum Anziehen gegeben, und wieder einmal wunderte sie sich über den Tempowechsel und darüber, wohin sie gingen.

Er zog ihr noch einmal die Stiefel und die übergroße Jacke an, die sie trug, als sie mit seinem Fahrrad losfuhren und die kurze Strecke zu James' Haus fuhren. Susan grinste, als sie sah, wo sie waren, und war froh, dass Sire ihr Versprechen, mit Sara und James zum Tee zu kommen, nicht vergessen hatte.

Sarah rannte aus dem Haus und warf sich auf Susan, bevor ihre Füße überhaupt den Boden berührten, als Sire sie von seinem Fahrrad hob. „Ich habe den ganzen Tag gewartet und gewartet! Wo warst du, Onkel Billy?" Sara ließ Susan schließlich los und warf Sire einen finsteren Blick zu.

Sire blickte Sara mit hochgezogener Augenbraue an und blickte dramatisch auf die Uhr. Die gezüchtigte Sara verschränkte die Hände hinter dem Rücken und sagte mit leiserer Stimme: „Ich bin nur so aufgeregt, weil ich sie einfach liebe." Sara versuchte zu erklären, warum sie unhöflich gewesen war.

„Das verstehe ich, Susan ist leicht zu lieben", Sire beugte sich vor, küsste Saras Stirn und lächelte. Sara kicherte schelmisch, ergriff Susans Hand und zerrte sie ins Haus.

„Zuerst musst du Papa küssen und Hallo sagen, dann habe ich eine Überraschung für dich!" Sara schwärmte aufgeregt. Susan schaute über ihre Schulter und grinste, da sie von der kindlichen Aufregung Saras erfasst worden war, und folgte ihr durch das Arbeitszimmer, wo

James entspannt wartete und sich mit Gregory unterhielt. Susan war nicht wirklich überrascht; Gregory schien seit dem Tod von Robert eine ständige Figur in ihrem Leben zu sein, er schien ständig auf sie aufzupassen, so wie er es auch für die Mädchen im Club tat, Susan ging davon aus, dass es nur eine Erweiterung seiner Pflichten war, die er für Andrew und erfüllte die Stakeholder.

„Aber Papa!" Sara jammerte, als sie sah, wie James auf seinen Schoß klopfte, damit Susan zu ihm kam und sich zu ihm setzte.

„Sara, wir haben darüber gesprochen", sagte James in einem langsamen, gemessenen Ton.

„Ja, Papa, aber ich habe gewartet und gewartet", jammerte sie, drehte sich dann aber um und verließ schmollend den Raum.

„Pass auf, dass du über die Unterlippe stolperst, wenn sie noch tiefer wird", kicherte Sire, hob Sara hoch und kuschelte sie. „Komm und hol mir einen Keks, während Susan richtig Hallo sagt", er verließ mit ihr das Arbeitszimmer.

Susan ließ sich auf James Schoß ziehen und kuscheln, bevor sie sich umdrehte, um Gregory zu begrüßen.

„Hallo Sir Gregory, das ist eine schöne Überraschung", lächelte sie und er erwiderte ihr Lächeln mit einer kaum wahrnehmbaren Neigung seiner Lippen, als er seinen Kopf zu ihr neigte.

„Hallo, Kleines. Bei dem Treffen der Beteiligten nach deiner Abreise wurden ein paar Dinge beschlossen, eine davon war, dass ich von Zeit zu Zeit vorbeikommen und nach dir sehen würde, um sicherzustellen, dass du mit deiner Arbeit zufrieden und gesund bist Erkundung", erklärte er.

„Ich bin glücklich", Susan lächelte beide Männer an, „Danke, dass Sie mich bei diesem Treffen unterstützt haben, es hat mir so viel bedeutet."

„Du hast um Hilfe gebeten, es wäre unfein, die Bitte einer Jungfrau in Not zu ignorieren, würdest du nicht Gregory sagen?" James kicherte.

„In der Tat", stimmte er bereitwillig zu, „aber am Ende des Tages ist es dein Leben und deine Entscheidung. Andrew und Alan sind deine Vormunde und sie sind da, um dich zu beraten oder einzugreifen, wenn du dich in Gefahr begibst, aber du hast das Das letzte Wort in Ihrem Leben, und ich bin nicht sicher, ob Sie das vollständig verstehen. Gregorys Stirn runzelte besorgt.

„Oh, gut für deinen Rücken", begrüßte James Sire, der hereingekommen war, an einem Keks knabberte und sich setzte. „Das betrifft dich auch."

„Sehen Sie, ich interessiere mich nicht für die ganze Vereinspolitik und das wissen Sie, deshalb meide ich diesen anspruchsvollen Ort die meiste Zeit", sagte Sire mit einem Tonfall, der darauf hindeutete, dass ihm das Gespräch ohnehin schon langweilig war.

„Gut, aber alle anderen Dominants, die die Einladung zur Zusammenarbeit mit Susan annehmen, erhalten einen Zeitraum von zwei Wochen, dachten wir uns..." James grinste.

„Okay, ich höre jetzt zu", unterbrach Sire seine Worte, „ich hatte Bedenken, sie so bald zurückzuschicken."

„Da ist noch mehr", James hielt seine Hand hoch, damit Sire zuhören konnte, anstatt zu reden.

James skizzierte, was nach dem Treffen passiert war und welche Rolle Gregory jetzt in Susans Leben spielt. Wenn beide zustimmten, könnte die Vereinbarung um eine weitere Woche verlängert werden und Susan würde verlangen, dass ihr Telefon jederzeit an oder in der Nähe ihrer Person ist, damit Gregory nach dem Zufallsprinzip einchecken und sie in der nächsten Woche mindestens einmal besuchen kann.

„Du kennst meine Arbeit?" Sire wandte sich an Gregory, der nickte. Tatsächlich gab es kaum etwas über William Wilder, was Gregory jetzt nicht wusste, er hatte seine Hausaufgaben darüber gemacht, wer Susan derzeit besaß.

„Jetzt, da wir die Zeit haben, würde ich gerne einen kurzen Roadtrip machen, zu einigen der besseren Orte und Fotos von Susan machen. Sie können jederzeit anrufen und herausfinden, wo wir uns gerade befinden, und entscheiden, wann wir von dort aus einen Besuch abstatten möchten." Okay?" Er hat es so formuliert, dass es überhaupt keine Frage war.

„Ich glaube, wir können verhandeln", sagte Gregory ebenfalls im Tonfall eines Mannes, der sich nicht den Launen eines anderen beugen würde. „Das Wichtigste hier ist jedoch nicht, was Sie wollen. Susan hat der Verlängerung noch nicht zugestimmt, und ich muss es von ihr hören." Die beiden Männer drehten sich zu Susan um , die dasaß, auf ihrer Lippe kaute und über das Gesagte nachdachte.

Gregory war ein strenger, kompromissloser Mann, der hohe Erwartungen an die Menschen um ihn herum hatte. Er machte ihr Angst und gab ihr das Gefühl, in seiner Gegenwart sicher zu sein. Sie hatte ähnliche Gefühle für Sire, aber sie hatte in den letzten drei Tagen auch seine zarte Seite gesehen, als er sich nach einigen besonders anstrengenden Szenen um sie kümmerte. Sie sah zu James auf, der immer so warmherzig, sanft und liebevoll wirkte, erinnerte sich aber daran, was Andrew über seine Rücksichtslosigkeit gegenüber Menschen gesagt hatte, die ihm in die Quere kamen. Jeder von ihnen kümmerte sich auf unterschiedliche Weise um sie, und sie wusste, dass sie sie beschützen konnten und würden, wenn es nötig war, aber sie waren nicht Robert und würden diese Entscheidungen nicht für sie treffen. Da wurde ihr klar, dass es genau das war, was sie verlangt hatte: das Recht, ihre eigenen Entscheidungen zu treffen, und dass sie nur das taten, was sie wollte.

„Solange Gregory in der Lage ist, mich zu erreichen, wenn ich ein sicheres Wort verwenden muss", lächelte sie Sire an, „denke ich, dass ein Roadtrip Spaß machen könnte."

„Gut", sagte James, „Jetzt hat Sara die ganze Zeit vor dieser Tür hin und her getanzt, also geh und lass sie dir die Überraschung zeigen, und wir werden die Logistik zwischen Billy und Gregory regeln." Er half ihr auf die Beine, tätschelte ihr den Hintern und schickte sie weiter.

„Wird auch Zeit", sagte Sara dramatisch und ergriff Susans Hand, als sie den Raum verließ.

Sie zog sie hinter sich her und zog sie schließlich in ein kleines Esszimmer neben der Küche. Susan war gelinde gesagt überrascht, als sie wie erstarrt dastand und die Frauen ansah, die sie als Freundinnen betrachtete. Sie schloss den Mund und begann mit der Begrüßung, während sie jeden von ihnen umarmte. Cinthia liebkoste ihre Wange und zog sie weiter in den Raum, wo sie sowohl von Samantha als auch von Shaky umarmt wurde, bevor Gian vortrat und sich ordnungsgemäß vorstellte. Anne hatte sich zurückgehalten und als Susan dies sah, ging sie auf sie zu und umarmte sie fest.

„Es tut mir so leid, Anne, ich war so schrecklich, dass ich nicht weiß, was ich sonst sagen soll", sagte Susan leise, „Du fehlst mir schrecklich."

„Mir sollte es leid tun, Dummerchen, ich wusste nicht, dass ..." Sie ließ das, was sie sagen wollte, fallen. Jedes der anwesenden Mädchen hatte feierlich versprochen, Robert nicht zu erwähnen, es sei denn, Susan tat es, nachdem Cinthia erklärt hatte, dass Susan das Gefühl hatte, dass jeder sich durch sie selbst heilen müsse, indem sie sie bat, den Moment immer wieder neu zu erleben. Stattdessen setzte sie ein Lächeln auf und drehte Susan wieder zum Tisch um. Erst als sie sich setzen wollte, sah sie Cassandra am anderen Ende des Tisches sitzen und lief erfreut, sie zu sehen, um sie herum und umarmte sie fest.

"Es ist so schön, dich zu sehen!" rief Susan aus. „Ihr alle", verbesserte sie sich und schaute sich am Tisch um. Ich kann nicht glauben, dass ihr alle hier seid, wenn ich in letzter Zeit so eine Schlampe war."

„Wir waren nicht gerade die verständnisvollsten Freunde", sagte Anne leise.

„Komm, setz dich zuerst neben mich", sagte Shaky begeistert, „Ich habe immer die besten Gerüchte."

„Erzählen Sie mir von dem Mädchen, das mit dem Prinzen aus dem Nahen Osten durchgebrannt ist. Haben sie sie jemals gefunden? Ich habe gehört, dass sie eine Motorradfahrerin geworden ist", fragte Susan und nickte ernst, und die anderen Frauen brachen in Gelächter aus.

Sara war die perfekte Gastgeberin; Sie hatte sich um die Lieblingsleckereien und -getränke jedes Mädchens gekümmert und, obwohl es nicht notwendig war, innerhalb dieser Gruppe neue Gesprächsthemen eingefügt, wann immer es etwas zurückblieb. Jedes Mädchen freute sich über die Aussicht, mehr von Susan zu sehen, und Cassandra schlug vor, ein monatliches Treffen bei jedem Mädchen zu Hause abzuhalten und bot an, Gastgeber für das nächste Treffen zu sein.

Nach Monaten der selbst auferlegten Isolation fühlte es sich so gut an, Teil einer Freundesgruppe zu sein, die wusste, wie man sich entspannt und über das Leben lacht. Sie fühlte sich so gut wie schon lange nicht mehr und wusste, dass sie es Cinthia zu verdanken hatte . Als sich die Gruppe aufzulösen begann, ging sie zu Cinthia und umarmte sie.

„Ich weiß, das warst du, vielen Dank. Ich wusste nicht, wie ich allen gegenübertreten sollte, nachdem ich so lange so in mich selbst versunken war", sagte Susan leise.

„Ich war nicht ich, Süße", sagte Cinthia mit ihrer vollen, tiefen Stimme, „Andrew und Alan haben es organisiert. Anscheinend hattest du Sara versprochen, dass ihre Onkel ihr eine Überraschung schicken würden, und wir sind es." Sie lachte: „Obwohl ich denke, dass es zunächst Annes Vorschlag war."

"Wirklich!" Susan war fassungslos und drehte sich um, um Anne zu finden. „Danke", schwärmte sie, „das war genau das, was ich brauchte."

Anne grinste Susan an. „Das Mindeste, was ich tun konnte, nachdem ich dich das letzte Mal gesehen habe." Für einen Moment verdunkelten sich Schuldgefühle auf ihrem Gesicht, bevor sie wieder lächelte. „Ich bin nur froh, dass wir dich wieder haben."

Die kleine Gruppe begann sich aufzulösen und Susan begann, Sara beim Aufräumen zu helfen, aber Sara scheuchte sie weg: „Geh und rede mit Daddy, sonst wird er wütend sein, weil ich dich ganz für mich hatte."

„Aber das hast du nicht wirklich", begann Susan zu protestieren und nahm einen weiteren Teller. Sara nahm den Teller aus ihren Händen und sah sie ernst an.

„Ich benehme mich nicht oft wie ein Erwachsener, aber dieses Mal mache ich eine Ausnahme, weil ich denke, dass du das hören musst", sie schluckte und holte tief Luft. „Wir haben Robert alle sehr geliebt, bevor Sie kamen. Er hat jedem von uns und unseren Meistern sehr geholfen, die meisten von uns mehrmals, auf unterschiedliche Weise und manchmal aus katastrophalen Situationen heraus, wie Anne. Man konnte sich immer darauf verlassen, dass er sich um ihn kümmerte." diejenigen, die ihm am Herzen lagen. Es ist die Bindung, die er zu uns hatte, die dich so schnell in unseren Kreis zog." Susan hatte angefangen, auf ihrer Lippe zu kauen, ihr Gesicht verfinsterte sich.

„Deshalb ist es uns allen so wichtig, was Sie tun, und wir möchten ständig sehen, dass Sie damit zurechtkommen." Sie sah, wie Susans Gesicht sich noch weiter senkte, gab aber nicht nach. „Was ich nicht sehr gut zum Ausdruck bringen möchte, ist, dass du jetzt einer von uns bist, ob es dir gefällt oder nicht, und jede von uns Mädchen und unsere Meister empfinden eine gewisse Verantwortung dir gegenüber, denn wenn wir es wären, und es war in der In der Vergangenheit würde er es ohne zu zögern tun, und Sie müssen es uns erlauben, um seinetwillen und um allen anderen zu helfen, genauso zu heilen, wie Sie es versuchen. Er war wirklich ein mitfühlender Mann unter dieser sadistischen Bastardhülle; das wissen Sie, genau so so gut wie ich. Susan nickte mit glitzernden Augen.

„Da Sie sich nun entschieden haben, was Sie brauchen, um endlich zu heilen, müssen Sie den Rest von uns hereinlassen und uns auf unsere eigene Weise heilen lassen, indem wir Sie in Ihrer Nähe halten und uns an den Mann erinnern, der Sie oben geliebt hat alle anderen." Sara beendete schließlich ihren Vortrag und drückte Susan an sich.

„Jetzt sind wir an der Reihe, sicherzustellen, dass es dir gut geht. Geh und beruhige Daddy und Gregory, sie machen sich zu viele Sorgen", grinste sie. „Jeder Affe mit einem halben Gehirn kann sehen, dass du wieder zu leben beginnst; wir müssen es nur tun." Holen Sie sich Ihr eigenes Happy End. Sie ließ Susan los: „Mit der Zeit, nicht nur jetzt, auf dem Weg zum Traumprinzen muss man noch viele Frösche küssen. Obwohl Onkel Billy ein sehr guter Anfang ist", kicherte sie.

*****

Als er am nächsten Morgen da saß und sich einen gut ausgeführten Schwanzlutscher gönnte, dachte Sire über das Mädchen nach, das in der nächsten Woche praktisch ihm gehörte. Ihre Grenzen hatten weit über das hinausgegangen, was er von einem Mädchen ihrer Statur erwartet hatte. In der ersten Nacht und am nächsten Tag hatte er ihr unzählige Fesseln, Utensilien, Spielzeuge und Werkzeuge auferlegt, von denen die Bullenpeitsche das einzige zu sein schien, mit dem sie fast sicher umgehen konnte.

Am zweiten Tag hatte er sie zu Wassersportarten gedrängt und sie fast zum Koten gezwungen, aber zu seiner großen Erleichterung rettete sie sich und ihn durch sichere Formulierungen. Allerdings machte er sie mit dem Seifenwasser-Einlauf und der Idee von Bukkake bekannt, allerdings nicht mit der Realität, und währenddessen hatte er begonnen, sie in verschiedene Stadien und Altersstufen zu infantilisieren, um ihr noch zweimal ein sicheres Wort zu geben. Je jünger er sie machte, desto mehr Grenzen fand er und am Ende des zweiten Tages war er froh, dass sie bei Bedarf ihr Sicherheitswort verwenden würde.

Am dritten Tag ging es um Praktiken, die, wenn sie nicht mit dem entsprechenden Respekt behandelt würden, ihren Geist und Körper dauerhaft schädigen könnten. Wax Play schien innerhalb ihrer Grenzen zu liegen, auch wenn es schon fast weich war, also hatte er es noch einen Schritt weiter gesteigert. Der Vormittag war größtenteils mit Piercingnadeln und -haken, Tätowierpistolen und Waffen beschäftigt gewesen, aber zu seiner großen Freude hatte sie jedes davon sicher formuliert.

Er lächelte, als er sie beobachtete. Exhibitionismus und Demütigung in größerem Maßstab, vielleicht mit mehreren Partnern, wären ein interessanter Test für ihre Grenzen sowie die kulturellen und sozialen Erwartungen ihrer Dominanten. Er lächelte, da er wusste, wohin sie auf ihrem Roadtrip fahren würden, und überlegte in Gedanken die Reise und die Anzahl der Tage, die sie dauern würde. Er würde Gregory Bescheid geben, bevor sie gingen. Obwohl er anfänglich von Alpha-Persönlichkeiten geprägt war, mochte er den strengen Mann sehr und konnte sehen, dass ihm nur das Wohl des Mädchens und seiner Freunde am Herzen lag. In vielerlei Hinsicht erinnerte Gregory ihn an Robert, aber ohne den überragenden Ruf, der mit dieser Person einherging.

Er stöhnte, als sie ihn tief nahm, die Spitze seines Schwanzes schluckte und sich daran erfreute, wie leicht sie seine bevorzugte Art des Schwanzlutschens erlernt hatte. Die Tür am anderen Ende des Dachbodens öffnete und schloss sich, sodass Susan in ihren Bewegungen erstarrte.

„Saugen Sie weiter", knurrte Sire und legte seine Hand schwer auf ihren Kopf, bevor er rief: „Es wird Zeit, dass Sie hier sind, fühlen Sie sich wie zu Hause, ich füttere gerade das neue Baby mit Frühstück." Sire kicherte und Susan hörte eine zweite Stimme rufen.

„Scheiße, alter Mann, hörst du jemals auf", sagte die männliche Stimme und Susan hörte das schwere Fallen von Stiefeln und das Quietschen seines Körpers, der in das Leder eines nahegelegenen Stuhls sank.

„Nicht, wenn es so gut ist", kicherte Sire weiter, bevor er erneut stöhnte, als sie ihn zu den Eiern führte und hart und tief saugte. „Oh ja", er drückte ihren Kopf fest nach unten, hielt sie lange Sekunden fest, bevor er sie wieder hochzog und laut abspritzte, wobei er Spermastreifen auf ihre Zunge spritzte, die sie gehorsam schluckte. Er ließ ihr ein paar Augenblicke Zeit, um ihn zu entleeren und zu reinigen, als er seine Kontrolle wiedererlangte, zog er sie schließlich mit sich auf die Couch und drehte sie um, um der Stimme zu begegnen.

„Susan, das ist Pete, mein Sohn", stellte Sire sie vor.

„Es ist mir eine Freude, Sie kennenzulernen", sagte Susan und verbarg ihre Überraschung. Sie wusste, dass Sire viel älter war als sie, aber sie hatte nicht erwartet, dass er einen Sohn haben würde, der mittelalt aussah. Pete war wie sein Vater groß und stämmig, mit ergrauendem Haar und scharfen, intelligenten Augen. Auch er trug Biker-Leder und Susan lächelte, als er sie der Reihe nach begrüßte.

„Freut mich auch, dich kennenzulernen, Kleiner", wandte er sich wieder an seinen Vater, „Ich weiß nicht, wie du es immer schaffst, die süßen Schlampen zu erwischen!"

„Einfach nur Glück, schätze ich. Hast du es mitgebracht?" Sire schien gut gelaunt zu sein, als er Susan auf seinem Schoß anstieß.

„Warum sollte ich sonst hier sein?", er zeigte auf die Kiste neben ihm. „Das ist für dich, Kleiner. Schau mal rein, während ich mit dem alten Mann über meinen Bonus verhandle", grinste er sie an. Mit einem ermutigenden Stoß half Sire ihr von seinem Schoß und sie trat hinüber zur Loge.

„Wow! Das ist unglaublich", rief sie, zog die Lederjacke aus der Schachtel und hielt sie hoch. Ein gesticktes Bild von Tinkerbelle auf der Rückseite der Jacke sorgte für Aufregung. Es war jedoch nicht ganz Tinkerbelle, die Fee hatte dunkles, welliges Haar, das dem von Susan ähnelte, statt blond. Der Name Tink wölbte sich leicht über den oberen Rand des Bildes, und der Name Susan hing in einem ebenso leichten Bogen am unteren Rand. Es war äußerst detailliert und sie starrte es voller Ehrfurcht an.

„Wir können dich nicht ohne deine eigene Jacke auf einen Roadtrip schicken, oder?" Pete grinste und drehte sich wieder zu Sire um. „Jetzt geht es um meinen Bonus."

„Was willst du?", fragte Sire zweifelnd.

„Ein Kopfjob wie der, den ich gerade gesehen habe, klingt ungefähr richtig", grinste er.

„Klar, warum nicht", zuckte er mit den Schultern und sah Susan an, von der er halb erwartete, dass sie ihr Sicherheitswort verwenden würde. Stattdessen war er angenehm überrascht, als sie Sire ruhig die Jacke zur Inspektion reichte und vor Pete auf die Knie sank.

Pete stand eifrig auf und zog seine Jeans herunter, indem er sie auszog. Susan spürte, wie sich ihre Mundwinkel zu einem halben Lächeln nach oben neigten, als sie bemerkte, dass der Sohn genauso gut ausgestattet war wie sein Vater, wenn nicht sogar noch besser, und sie öffnete ihre Lippen, beugte sich leicht nach vorne, um die Spitze zu küssen, in der Erwartung, dass er sich setzen würde wieder. Stattdessen blieb er stehen und nahm ihr Haar mit einer Hand zusammen, hielt es ihr aus dem Gesicht und neigte ihren Kopf leicht nach hinten.

„Behalte meine die ganze Zeit im Auge, verstanden?" sagte er schroff.

Sie nickte leicht, obwohl er ihr Haar fest im Griff hatte, und murmelte leise: „Ja, Sir."

„Gutes Mädchen", er legte die Spitze seines Schwanzes zwischen ihre Lippen und begann, sich langsam hinein und heraus zu bewegen und füllte ihren Mund, während sie zu ihm aufblickte. Susan erkannte, dass dies ein Mann war, der die vollständige Kontrolle mochte und sich bereitwillig seinen Wünschen hingab, als sie ihre Lippen zu einem engen Ring um seinen Schwanz schloss. Er bewegte seine Hüften, drückte weiter und ließ sie leicht würgen. Sie bemerkte, dass ein leichtes Lächeln seine Augen berührte, als sie zu ihm aufsah. „Öffnen", befahl er und sie ließ ihren Kiefer herunterklappen und öffnete ihren

Mund weit für ihn, während er tief in ihre Kehle eindrang und sie erneut zum Würgen brachte.

„Diesmal hast du eine gehorsame kleine Schlampe", sagte er zu Sire.

„Ich bin ein glücklicher Mann", grinste Sire zurück und genoss es, zuzusehen, wie Susan den Schwanz eines anderen nahm und spürte, wie seine eigene Erregung wieder zunahm.

Susan begann zu sabbern, als sie sich entspannte und den dicken Schwanz schluckte, der gegen ihre Kehle schlug. Ihre Augen begannen zu beschlagen und zu tränen, aber sie wehrte sich nicht gegen die Position, in der er sie hielt, während er ihr Gesicht fickte; Stattdessen fixierte sie seinen Blick und blinzelte mit einer Träne über ihre Wange. Dies schien ihn noch mehr zu erregen, und er riss ihren Kopf an den Haaren weiter nach hinten, trat einen Schritt nach vorne und senkte seinen Hodensack leicht in ihren weit geöffneten Mund.

Sie flatterte mit der Zunge und saugte an der Kieselhaut, so gut es ihr in ihrer Position möglich war. Sie atmete tief durch die Nase ein und wusste, dass dies nur eine kleine Atempause war. Sie konnte spüren, wie ihre eigene Erregung zunahm und die Nässe ihrer Fotze begann, zu ihren Schenkeln zu fließen. Der Hodensack wurde schließlich weggezogen und der Schwanz mit mehr Kraft in ihren Mund zurückgeführt. Pete hielt ihren Kopf fast an den Ohren und begann ernsthaft zu ficken, scheinbar ohne sich um ihre Atemnot zu kümmern, aber er achtete hin und wieder darauf, nicht zu atmen drangen in ihre Kehle ein, als sie Luft durch die Nase einsaugte.

Pete war in Susans tränenreichen Augen versunken, als er sie fickte, beeindruckt von der Schlampe zu seinen Füßen und ihrer Bereitschaft, auf diese Weise benutzt zu werden. Er gab sich der Kraft hin, die sie ihm gab, und spürte das Vergnügen, das sie seinem Schwanz bereitete, indem er tief stöhnte, bevor er ihn herauszog und Sperma über ihre Lippen und Zunge spritzte und dann wieder in ihren warmen, feuchten Mund eindrang. Endlich satt ließ er sich wieder auf den Stuhl fallen.

Susan war so heiß und sehnsüchtig auf ihre eigene Freilassung, als sie Pete aus den Händen fiel; Sie sah mit tränenreichen Augen zu ihm auf und sagte leise: „Danke, Sir." Während sie darauf wartete, dass er sie mit einem knappen Nicken zur Kenntnis nahm, drehte sie sich um und kroch zurück zu Sire, der vor ihm kniete. Er blickte schweigend auf sie herab und hoffte, dass sie um das bitten würde, was sie brauchte. „Bitte, Sire", flüsterte sie, „Fick mich, Sire, ich muss bitte abspritzen."

„Ich muss dich nicht ficken, damit du abspritzt", knurrte er und beugte sich vor, drückte in jede Hand eine Brustwarze und drehte sie, bis sie laut wimmerte. „Aber da du so nett gefragt hast", klappte er die Truhe neben sich auf und wollte Pete zeigen, was sie ertragen konnte. Er zog das Tri-Clamp-Set heraus und beobachtete, wie Susan es bemerkte, spreizte sofort ihre Beine und verschränkte ihre Finger hinter sich Kopf in einer Ausstellungspose.

Er blickte auf und Pete nickte anerkennend. Susan keuchte schwer und wimmerte laut, als er sie endlich mit der Positionierung der Klammern zufrieden hob und auf Händen und Knien auf den niedrigen Couchtisch legte. Er stand hinter ihr und drang grob in sie ein, wodurch die Klammern schwangen und Susan sowohl vor Schmerz als auch vor Vergnügen aufschrie. Er zog sich langsam von ihr zurück und knurrte dann erneut: „Brauchst du das, kleine Schlampe?" Er rammte sie mit Gewalt.

„Ja. Oh ja, bitte, fick mich, Sire", schrie sie, wissend, dass es ihn dazu bringen würde, sie härter zu benutzen. Sire genoss ihr Betteln; ihre Bedürftigkeit, und Susan wusste, dass sie durch Dirty Talk um das, was sie wollte, betteln würde, was sie brauchte und noch mehr. „Ich muss von einem großen Schwanz wie deinem gefickt werden; ich bin so eine schwanzhungrige Spermaschlampe." Sie verzog das Gesicht wegen des Schmerzes der Klammern und der Worte, die ihr aus dem Mund fielen.

„Verdammte schwanzhungrige Hure, lutsche Petes Schwanz noch einmal, mach ihn hart, damit er dich auch ficken kann, verdammte

Schlampe", Sires Stimme war voller knurrender Verachtung, als er gegen sie knallte. Die Worte kamen ihr kaum in den Sinn, als Pete mit einem halbharten Schwanz vor ihr stand. Er packte sie an den Haaren und führte ihren Mund zu seinem Schwanz, während Sire weiter auf sie einschlug. Ihr Wimmern verwandelte sich in Gurgeln, als sein Schwanz schnell in ihrem Mund wuchs, ihr Kopf und Körper sich durch das Stampfen von Sire bewegten, während Pete still dastand und in das Gesicht des Mädchens blickte.

„Mach dich bereit, Schlampe", knurrte Sire, als er sich über ihren Körper beugte und an der Kette zog, was sie um den Schwanz in ihrem Mund kreischen ließ. Als sich die Klemme von ihrer Klitoris löste, schrie sie, und Pete fuhr in ihre Kehle und genoss die Vibrationen, die ihr Schmerz ihrer Stimme verlieh. Susan verdrehte die Augen und zuckte krampfhaft, als sie hart zwischen die beiden Männer trat. Die Männer fickten sie weiter hart, während sie weiter abspritzte, was ihr eine kleine Atempause verschaffte, als Sire die Klammern von ihren Brustwarzen zog und sie erneut um den Schwanz in ihrer Kehle schreien ließ.

Susan schwebte auf einer Wolke aus Schmerz und Vergnügen und verlor den Überblick über sich selbst und die Zeit, bis sie schließlich zusammengerollt auf der Lounge lag und immer noch schwer keuchte, während Sire ihr Haar streichelte und ihr Wasser anbot. Er küsste sie auf die Stirn. „Bleib hier, bis du Lust hast zu duschen, das hast du sehr gut gemacht, Kleines." Susan schloss die Augen und streckte sich, während sie spürte, wie sich ihre Muskeln lockerten, und drehte sich um, um Sire zu beobachten, wie er leise mit Pete sprach.

*****

Sie fuhren nach Süden durch das bergige Hinterland, und als sie von der Autobahn auf eine Route abbogen, die Susan nur allzu gut kannte, versteifte sie sich auf dem Fahrradrücken und ihre Muskeln spannten sich an, als sie Sire fester umklammerte. Sie hörte seine Stimme über das Headset in ihrem Helm.

"Was ist falsch?" Sires Stimme klang besorgt.

„Das ist der Weg zum Haus meiner Eltern und zu Robert", sagte sie langsam und bedächtig zurück.

„Ich glaube nicht, dass du dir Sorgen machen musst, unser Ziel liegt abseits der Hauptstraßen", kicherte er und spürte, wie sie sich leicht entspannte. Susan sagte nichts, ihre Gedanken waren bei dem letzten Mal, als sie ihre Eltern mit Gregory gesehen hatte, und bei allem, was seitdem passiert war.

„War es erst eine Woche her?" Sie wunderte sich. Es schien so viel länger her zu sein, seit sie die Entscheidung getroffen hatte, in Roberts Welt zurückzukehren, und einen Wirbelsturm in ihrem Leben verursacht hatte, der sie nun auf dem Rücksitz eines Motorrads sitzen ließ, das durch die Bergstraßen fuhr, von denen sie wusste, dass sie sie nach Hause bringen könnten, wenn sie wollte . Es gab einen kleinen Trost darin, dass sie, trotz ihrer anfänglichen Befürchtungen, weglaufen musste, falls sie fliehen musste ... Susan biss sich auf die Lippe, sie wusste, dass sie nicht weglaufen würde und hatte tatsächlich das Gefühl, dass sie es nicht könnte, das war genau das, was sie hatte gefragt. Robert hatte sie mitgenommen und sie in Situationen und an die Orte gebracht, an denen er sie haben wollte, das war völlig anders und sie musste innehalten und sich daran erinnern, dass das alles ihre Entscheidung war, sie konnte nein sagen; sie konnte ihr sicheres Wort gebrauchen; Sie konnte jederzeit aussteigen, ohne fliehen oder weglaufen zu müssen.

Robert hatte sie geliebt und würde ihr immer folgen. Sie wusste, wenn auch zu diesem Zeitpunkt noch nicht bewusst, dass er sie nicht gehen lassen würde. Dieser Mann hingegen hatte keine derartigen Gefühle ihr gegenüber. Sie wusste, dass er sich um sie kümmerte, aber es war nichts im Vergleich zu der allumfassenden Bindung, die Robert ihr aufgedrängt hatte. Sie fragte sich, ob es stimmte, dass es immer nur einen Seelenverwandten für den anderen gab und dass ihr Seelenverwandter nun für diese Welt verloren war. Sie spürte, wie die Traurigkeit dieses Gedankens sie überkam, und lehnte ihren Kopf an Sires Rücken, während sie ritten, verloren in ihren eigenen Gedanken.

Getreu seinem Wort hatten sie sich abseits der Hauptstraßen aufgehalten, einige herrliche Naturwunder besucht und in kleinen Bed & Breakfast-Unterkünften übernachtet. Er nutzte jeden Ort als Gelegenheit für ein Fotoshooting, zog sie meistens an oder aus, bevor er sie mit groben Seilen und zerschlissenen Streifen aus abgenutztem Stoff in verschiedene Posen fesselte. Anfangs war sie unsicher und besorgt, dass sie entdeckt werden könnten, aber als er ihren Körper exquisit zum Vergnügen und zum Modellieren nutzte, entspannte sie sich und genoss den kreativen Prozess mit ihm.

Zweimal, während sie unterwegs waren, erspähte sie ein Jogger oder Buschwanderer und beobachtete sie aus der Ferne. Bei diesen Gelegenheiten war Sire nicht so sadistisch, wie er es sonst hätte tun können, indem er dem Voyeur zuhörte, wie sie um mehr bettelte, während er sie hart benutzte.

Nach einer mehrtägigen langen Fahrt hielten sie vor einer schäbig aussehenden Bar, aus den offenen Fenstern ertönte laute Musik, laute Stimmen und Gelächter. Susans Neugier wurde geweckt, als Sire vom Fahrrad abstieg und ihr einen genauen Blick auf die Bar ermöglichte. Es war ein freistehendes Holzhaus, das aussah, als wäre es vor einiger Zeit in eine Art Club und nicht in eine Bar umgewandelt worden. Sire hob sie vom Fahrrad hoch und stellte sie auf die Beine, bevor er ihr half, Helm und Jacke auszuziehen. Als sie sich umsah, war sie erstaunt über die Menge an Fahrrädern, die rund um den Club geparkt waren.

Sie zitterte, als die Nachtluft sich um das hauchdünne weiße Oberteil kräuselte und mit den breiten Falten des Lederrocks, den sie trug, liebäugelte. Ihre Brustwarzen wurden bereits von den Manschetten, die sie schmückten, aufrecht gehalten, schienen sich aber noch mehr zu kräuseln und gegen den Stoff ihrer Bluse zu drücken, als er ihr Haar untersuchte, das zu zwei Zöpfen geflochten war, die ihr über die Schultern hingen.

Seine Hand glitt über ihre Brüste und dann um ihren Rücken herum und krümmte sich schließlich unter ihrem Rock, um ihren Arsch zu streicheln, wodurch ihr Atem schneller wurde, als sie aufstand und seine Liebkosungen mit einem kleinen Lächeln akzeptierte. Er beugte sich vor, um sie auf die Stirn zu küssen, und lächelte zurück.

„Du siehst heute Abend so bezaubernd sexy aus, ich könnte dich hier und jetzt ficken", murmelte er tief in ihr Ohr, bevor er sich aufrichtete, ihre Hand nahm und zum Eingang des Gebäudes ging. „Bleib immer an meiner Seite, verstehst du?" fragte Sire unvermittelt.

„Ja, Sire", antwortete Susan schnell, wohlwissend, dass er nicht fragen musste. Ihre Augen weiteten sich, als sie die beiden riesigen Biker sah, die am Eingang standen.

„Scheiße, Wildman, du bringst schon seit Ewigkeiten keine Schlampe mehr rein, und wenn du es tust, wird sie ins Gefängnis geworfen. Hat sie einen Ausweis?" Einer der riesigen Männer musterte Susan aufmerksam. „Sie sieht noch nicht so aus, als ob sie keine Windeln mehr hätte! Ganz zu schweigen davon, dass sie mit diesem Ort zurechtkommt."

„Sie ist älter als deine Göre", er nahm Susans Ausweis aus seiner eigenen Tasche und zeigte ihn ihnen.

„Nun, fick mich", lachte er und beugte sich vor, stieß mit Wildman an die Schultern.

„Jetzt wäre ein guter Zeitpunkt, Ihr Sicherheitswort zu nutzen und seine Bitte abzulehnen", kicherte Sire zu Susan.

„Stop" quietschte sie, als sie kicherte, und der stoische zweite Mann, der sich weder bewegt noch etwas gesagt hatte, brüllte vor Lachen.

„Das ist verdammt unbezahlbar, Wildman. Es wird dir schwer fallen, sie dort drinnen für dich zu behalten, wenn alles, was sie sagt, so süß ist", fuhr sein tiefes, grollendes Lachen fort.

„Denkst du, dass es zu viel ist, ihnen zu sagen, dass ihr Name Tinker Susan ist?" Sagte Sire mit einem Grinsen, was den Mann noch mehr zum Lachen brachte, als er nickte.

„Du kennst die Regeln, Wildman, kein Tattoo, kein Zutritt und ich kann nicht einmal ein falsches auf ihrem heißen kleinen Körper sehen." Der erste Mann musterte Susan weiterhin aufmerksam, was ihr Unbehagen bereitete.

Bevor sie wusste, was geschah, hatte Sire sie um die Taille gepackt und hochgehoben, wobei er sie leicht auf den Kopf drehte, sodass ihr Rock nach oben fiel und ihre Fotze ihren Blicken entblößte. „Sehen Sie das, meine Herren? Kein Grund zur Fälschung, es ist sehr real", sprach Sire mit Stolz und Susan spürte, wie jemand mit den Fingern das komplizierte Muster des RM nachzeichnete, das Roberts Spitzname gewesen war, und erkannte in einem Anflug von Klarheit, dass es umgekehrt leicht verwechselt werden konnte für WW: William Wilder, auch bekannt als Wildman. „Jetzt geh mir aus dem Weg, Idiot, bevor ich dir eine große rote Clownsnase gebe, die zu deiner Einstellung passt."

Der zweite Mann brach erneut in lautes Gelächter aus und Sire trug Susan in die Bar. Das Wohnzimmer überraschte sie; Sie fühlte sich, als wäre sie in einen Club Med gegangen. Ein tropisches Gefühl durchdrang den Ort; ein paar Männer und Frauen standen oder saßen herum, tranken und spielten Billard, die Bar war von oben ohne Frauen besetzt, die Blumenkränze und Blumen im Haar trugen, obwohl sie, soweit Susan wusste, auch nackt sein könnten, da sie nicht über ihre Taille hinaussehen konnte.

„Ich hole mir nur ein Bier und dann führe ich dich herum", brummte Sire in ihr Ohr und führte sie zur Bar, indem er ihr auf einen hohen Barhocker half. Die Anrufe seines Namens und der Menschen, die sich näherten, machten Susan mehr als bewusst, dass Sire unter diesen Menschen ein beliebter und angesehener Mann war. Sie verlor den Überblick über die Namen, die ihr gesagt wurden, als man sie ihr vorstellte, und betete, dass sie damit durchkommen würde, sie Sir oder Ma'am zu nennen, wenn ihr ihre Namen nicht einfielen, als sie wieder gebraucht wurde.

„Das", sagte Sire, als er ihr vom Hocker half und ihre Hand nahm, „ist die vordere Bar." Er führte sie in den hinteren Teil des Raums und durch eine andere Tür. „Und das ist die hintere Bar", lächelte er, als sie sich umsah. In die Wände waren mehrere Fernsehbildschirme eingelassen, um die herum Sofas und niedrige Tische kreisförmig angeordnet waren. Eine Frau mit nacktem Oberkörper stand in der Nähe der Tür und bot denjenigen Handtücher an, die sie haben wollten. Er zog sie weiter in den Raum hinein und stellte sicher, dass sie das Geschehen in mehreren Bereichen des Raums gut sehen konnte.

Auf einer Couch kniete eine dünne Blondine, den Kopf auf die Armlehne gestützt, und schaute sich ein Pornovideo an, in dem ein Mädchen von zwei Männern gleichzeitig gefickt wurde. Als sie dort kniete, lag eine andere Frau auf dem Rücken zwischen ihren Beinen und leckte ihre Fotze, während sie wiederum von einem Mann mit einem Bart, der bis zu seiner Brust reichte, gefickt wurde. Sie schienen weder den Rest des Raumes noch die Beobachter wahrzunehmen.

In einem anderen Bereich des Raumes saßen ein Mann und eine Frau, lässig gekleidet wie bei einem Date, und sahen sich einen Actionfilm an, hielten aber jeweils die schwere Kettenleine eines jungen Mannes und einer jungen Frau, die vor ihnen auf dem Boden saßen und sich gegenseitig streichelten langsam dem Höhepunkt entgegen, ihre Augen auf ihre Dominanten gerichtet, während der Film hinter ihnen ablief. Als Susan sich weiter im Raum umsah, spürte sie, wie ihre eigene Erregung bei den Anblicken und Geräuschen zunahm. Eine andere Gruppe schien sich nach ihren Anstrengungen auszuruhen, während sie schwer atmend übereinander lagen.

Während die sexuellen Themen in Roberts Club dem entsprachen, spielten sich die meisten Spiele, abgesehen von den im Rampenlicht stehenden Bühnen, in den dortigen Privaträumen ab. Susan versuchte sich vorzustellen, wie dieser Raum an einem arbeitsreichen Wochenende aussehen würde und wenn sich die Gruppen zu einer einzigen großen Orgie vermischen würden. Sie zuckte zusammen, als sie spürte, wie Sires Hand unter ihren Rock tauchte und leicht ihre Fotze streichelte.

„Ich wusste, dass es dir hier gefallen würde, du bist so eine bedürftige kleine Schlampe", sagte er lauter, als Susan lieb gewesen wäre, während er ihren Kitzler streichelte, was sie tief erröten ließ, obwohl niemand sonst im Raum ihre Anwesenheit zu bemerken schien. Er zog seine Hand weg, als ihr Atem immer heftiger wurde, und schnalzte mit der Zunge: „Noch nicht, gieriges Mädchen." Er bot ihr seinen Finger zum Reinigen an und lächelte auf sie herab, während sie sanft daran saugte.

Sire zog sie wieder vorwärts zum anderen Ende des Raumes und durch eine große Tür wieder auf eine überdachte Terrasse. Es war wie ein Strandresort eingerichtet, mit einem großen, sprudelnden Spa in der Mitte und einer kleinen Bar an der Seite. „Das nennen wir die FKK-Kolonie. Nacktheit wird hier draußen nicht nur erwartet, sondern oft auch erzwungen", grinste er auf sie herab und strich mit der Hand über ihre bedeckten Brüste. „Wir müssen Ruth noch finden, damit du deine Kleidung behalten kannst", er hielt inne, um Nachdruck zu verleihen, „vorerst."

Wieder einmal standen Mädchen mit Handtüchern in der Nähe der Tür und fast jeder Raum rund um das Spa war mit dünnen Matratzen belegt, wie sie auf Stühlen am Pool verwendet werden, jedoch ohne Stuhlstruktur. Zwei Paare saßen nackt und scheinbar unbekümmert herum, während sie und Sire sich umsahen und zurück in den Raum gingen, aus dem sie gekommen waren. Sie bemerkte die Schließfächer an der Wand, die zurück in den Club führte, und legte den Kopf schief, als ihr Verständnis dämmerte.

Susan war gleichzeitig besorgt und aufgeregt. Sie wusste nicht, ob sie Angst davor hatte, hier bloßgestellt zu werden, oder ob sie es wollte.

Sie war in Roberts Club mehr als einmal praktisch entblößt gewesen, aber die Stofffetzen, in die er sie gekleidet hatte, hatten einen gewissen Schutz vor völliger Nacktheit geboten. Er hatte sie auch mehr als einmal vor anderen benutzt, aber bei diesen Gelegenheiten war meistens nur eine andere Person dabei. Die einzige wirkliche Ausnahme war der Club in Singapur gewesen, aber sie hatte sich unter dem Tisch versteckt, während sie seinen Schwanz gelutscht hatte, und in einem so offenen Raum mit so vielen Voyeuren, die zuschauen wollten, gefickt zu werden, war etwas ganz anderes.

Sie hielt seine Hand fest, damit er sie hier nicht zurücklassen konnte, und ging zurück durch das, was sie als Orgienraum ansah, während ihre Augen noch einmal die kleinen Gruppen absuchten. Sie war von der Neuordnung des Trios beim Ansehen des Pornovideos so angetan, dass sie den lächelnden Mann, der auf sie zukam, erst bemerkte, als er sprach.

„Wildman! Es wird verdammt Zeit, dass du hier bist." Ein Mann, der so groß wie Sire und sogar noch größer war, umarmte ihn in einer bärenstarken Umarmung, bevor er sich zu Susan umdrehte und sie in einer ebenso erdrückenden Umarmung hochnahm, die sie zum Quieken brachte. „Das ist also die kleine Fee, die in letzter Zeit Ihre Aufmerksamkeit erregt hat."

Die beiden Männer überragten sie, als er sie wieder auf die Beine stellte. Beide waren gut über einen Fuß größer als sie, und während Sire muskulös und kräftig gebaut war; Ruth war ein Mammutmann, der offensichtlich die Exzesse genoss, die ihm sein Erfolg ermöglichte.

„Kommt", ermutigte er sie, „ich habe einen Preis, wenn sie die Einweihung besteht."

Susan erstarrte bei der Worteinführung und Sire sah, wie sie sich versteifte. Er lächelte, vielleicht hatte sie ein echtes Selbsterhaltungsgefühl, wenn sie sich ihrer Umgebung und der Menschen darin nicht ganz sicher war. Er hatte ihr nicht gesagt, dass sie Ruth vertrauen konnte, wie Andrew es mit sich selbst getan hatte, also verstand er es und war angenehm überrascht durch ihre momentane Zurückhaltung. Das dürfte ein interessanter Abend werden, und er grinste, als sie zu ihm aufsah, auf ihrer Lippe kaute und noch einmal seine Hand nahm.

Susan ging mit den Männern zurück durch die vordere Bar und zur Seite, wo eine Treppe nach oben führte. Am oberen Ende der Treppe befand sich ein langer Flur, von dem in regelmäßigen Abständen Türen abgingen.

„Hast du vor, heute Nacht zu bleiben, nehme ich an?" sagte Ruth zu Sire, als sie den Korridor entlang gingen.

„Ja, das denke ich. Ich bezweifle, dass diese kleine Schlampe bei deiner Prüfung durchfallen wird", kicherte er und Ruth lächelte verschmitzt.

„Weißt du, warum sie mich Ruth nennen?" Der große Mann hatte sich zu Susan umgedreht.

„Nein, Sir", sagte Susan mit ruhigerer Stimme, als es ihre Nervosität in der Vergangenheit erlaubt hätte.

„Es ist die Abkürzung für Ruthless", er warf ihr einen harten Blick zu, bevor sein Lächeln sich in seinen Mundwinkeln verzog. „Er", er deutete mit dem Kopf in Sires Richtung, „kennt mich gut und vertraut mir deinen heißen kleinen Körper an." Er hielt inne, um ihr Gesicht nach Anzeichen von Angst oder Widerwillen zu beobachten, aber sie blickte ihn fest an, der einzige Hinweis, den sie überhaupt hatte Als sie seine Worte als bedrohlich empfand, blieb ihre Lippe plötzlich zwischen ihren Zähnen hängen, als sie mit diesen strahlend grünen Augen zu ihm aufblickte, die seine Aufmerksamkeit erregten.

„Du kannst heute Abend drei nehmen", er nickte Sire zu und Susan blickte auf die Tür, vor der sie stehen geblieben waren.

Sire ließ ihre Hand los und beugte sich vor, um sie auf die Stirn zu küssen. „Vertraue und Gehorsam, Kleiner", murmelte er und sagte lauter zu Ruth: „Ihr sicheres Wort ist Stop. Sollte sie es benutzen, gehen wir." In seiner Stimme lag ein Unterton, der darauf hindeutete, dass er glaubte, wenn sie dieses Wort benutzte, wäre sie nicht diejenige, die die Hauptlast seiner Enttäuschung tragen würde.

Ruth drehte sich um und ging den Flur entlang, in der Erwartung, dass das Mädchen ihm folgen würde. Susan warf einen letzten Blick auf Sire und folgte entschlossen der Riesin Ruth den Flur hinauf. Er öffnete die Tür am Ende des Flurs und hielt sie offen, als sie eintrat und sich umsah. Das Klicken der Tür, als sie sich schloss, ließ sie zusammenfahren. Sie drehte sich um und sah zu dem großen Mann auf, der über ihr aufragte, unsicher, was sie tun sollte.

„Also, wie gefällt dir mein Club?" Er lächelte auf sie herab und ging zu einer niedrigen Couch, auf der er schwerfällig saß, und bedeutete ihr, sich auf die Matte ihm gegenüber zu setzen. Zwischen ihnen stand etwas, das Susan ursprünglich für einen kleinen Beistelltisch gehalten hatte, aber die Oberfläche ähnelte eher einer flachen Schüssel, die auf den vier Beinen balancierte.

„Es ist ganz anders als in den Clubs, die ich kenne, Sir", sagte Susan leise, nicht ganz sicher, wie sie antworten sollte. Diesem Club mangelte es an der üppigen Ausstattung oder der düsteren Stimmung der meisten Clubs, in denen sie jemals gewesen war, unabhängig davon, ob sie dem Lebensstil entsprachen oder nicht.

„Natürlich ist es das", kicherte Ruth. „Kein anmaßender Idiot würde hierher kommen, um Kava zu trinken und mit mir das Inselleben zu genießen." Er sah zu, wie Susan ihren Kopf neigte, da sie seine Worte nicht ganz verstand, und zusammenzuckte, als eine Frau neben ihr erschien. Die Frau hatte wunderschönes, glänzendes, rabenschwarzes Haar, das ihr direkt über den Rücken fiel und sich unter ihrem Hintern kräuselte, als sie sich hinkniete und Susan anlächelte. Susan betrachtete fast eifersüchtig ihre karamellfarbene Haut, lächelte zurück und bemerkte die tätowierten Stammesarmbänder, die ihren Bizeps schmückten.

„Das ist meine Frau, Mata'Mo'Ana, du wirst sie Ana nennen. Sie wird dich auf die Zeremonie vorbereiten", verkündete Ruth und hievte seinen massigen Körper von dem niedrigen Sitz, um die Frauen zu überragen. Er blickte mehrere Minuten lang auf sie herab, bevor er sich umdrehte und wortlos den Raum verließ. Susan ließ den Atem los, von dem sie nicht bemerkt hatte, dass sie ihn angehalten hatte, als die Tür erneut ins Schloss fiel.

„Guck nicht so besorgt, er verhält sich gern einschüchternd, aber in Wahrheit ist er ein weiches Herz", sagte Ana mit starkem Akzent.

„Es ist eher die Tatsache, dass ich nicht wirklich verstehe, was hier vor sich geht oder was ich tue, was mich beunruhigt", gab Susan zu. „Sie sagten etwas über eine Einweihung und als ich ankam, als ich die Treppe hinunter sah, verstummte ihre Stimme und sie blickte auf ihre Hände, die in ihrem Schoß lagen. Ana konnte die Anspannung des Mädchens sehen und begann ihr Bestes zu tun, um sie zu beruhigen.

„Tui hat diesen Ort zusammen mit seinem Vater als Kalapu- oder Kava-Club gegründet, als er noch jünger war. In Tonga, Samoa und einer Reihe pazifischer Inseln ist Kava ein Getränk, das die Männer bei großen Zeremonien und gelegentlich auch informell trinken", hielt sie inne damit Susan die Erklärungen und Informationen über den Club aufnehmen kann.

„Wer ist Tui?" Sie legte den Kopf schief, als die Frau sie anlächelte.

„Tui ist bei seinen Freunden auch als Ruthless oder Ruth bekannt", erklärte sie. „Jetzt müssen Sie lernen, was bei der Kava-Zeremonie zu tun ist. Wir haben nicht so viel Zeit, wie ich gerne hätte, also werde ich es Ihnen im Laufe der Zeit erklären. Sind Sie bereit?" Ana sah Susan ernst an.

Susan nickte, aber in Wahrheit war sie sich überhaupt nicht sicher, wozu sie bereit war. Sie gingen in einen anderen Raum, und während Ana die Ausrüstung zusammenstellte, erklärte sie die Traditionen des Kava-Getränks und die verschiedenen Zeremonien, die auf verschiedenen pazifischen Inseln zu finden sind, und lachte mit Susan, als sie die verdünnte Form namens Grog erklärte. Tui stammte ursprünglich aus Tonga und war, wie sein Name vermuten lässt, ein

Verwandter des Königs, wenn auch ein entfernter Verwandter. Aus diesem Grund hatten das Trinken von Kava und sein Ritual für ihn eine große Bedeutung.

„In Tonga wird Kava jeden Abend im Kalapu getrunken, was das tongaische Wort für Club ist. Nur Männer dürfen den Kava trinken, obwohl Frauen, die ihn servieren, anwesend sein können. Die Kellnerin war traditionell eine junge Jungfrau namens Tou'a. Diese An manchen Tagen ist es zwingend erforderlich, dass die Tou'a mit niemandem im Kalapu verwandt ist, da es unmöglich wäre, sie ehrlich zu beurteilen. Aus diesem Grund werden ausländische Mädchen oft eingeladen, für eine Nacht eine Tou'a zu sein, und wenn es Männer gäbe, die sich fühlten Sie sind so geneigt, sie vollständig zu verurteilen, dass sie ihr ohne Vergeltung seitens der Familie ein unanständiges Angebot machen könnten. Das Kava wird in Runden aus Kokosnussbechern serviert und hat eine euphorische Wirkung auf die Trinker, die oft traditionelle Liebeslieder mit Gitarrenbegleitung singen und darüber reden die Tou'a-Talente. Ana beendete endlich ihre Erklärung.

Während ihres Gesprächs brachte Ana Susan geduldig bei, wie man das Getränk mit Fu'u zubereitet, einer pulverisierten Form des Kava, das normalerweise der tongaischen Königsfamilie vorbehalten war und das Tui das ganze Jahr über in regelmäßigen Abständen importiert hatte. Der Prozess, Flüssigkeit hinzuzufügen und die pulverisierte Wurzel zu einem faserigen Teig zu kneten, bevor das Getränk in dem großen dekorativen Holzkessel zubereitet wurde, war ziemlich entmutigend, aber Susan hielt durch, bis es der Perfektion nahe kam.

Ana nahm sie dann mit, um sich für die Zeremonie angemessen zu kleiden, und Susan machte sich Sorgen, dass die Nacht zu spät werden könnte, aber die andere Frau schien es nicht eilig zu haben, als sie Susan beim Ausziehen half und ihr zum Abschluss vorführte, wie sie die Blumenkränze über ihren Schultern und um ihre Hüften positionieren sollte mehrere Blumen in ihr Haar stecken. Bevor sie die Isolation der

Räume verließen und sich auf den Weg machten, hielt Ana unten Susan an und drehte sie um, sodass sie sich gegenüberstanden.

„Obwohl die Männer glauben, dass es bei dieser Zeremonie nur um sie und ihre Dominanz über Frauen geht, ist das überhaupt nicht so", begann sie. „Beobachten Sie sorgfältig diejenigen, denen Sie heute Abend dienen, denn sobald der entspannte Zustand erreicht ist, den Kava hervorruft, werden Sie sehen, wie die wahre Natur des Mannes zum Vorschein kommt, wenn er seine Wachsamkeit verliert." Wie immer schwieg Susan, wenn sie neue Informationen erhielt, und kaute auf ihrer Lippe, während sie darüber nachdachte, was Ana gesagt hatte. „Wenn eine junge Frau umworben wird, wird sie die wahre Natur des Mannes erkennen, wenn sie für ihn als Tou'a auftritt, ob er an seinen Worten und Überzeugungen festhält oder ob er schlechte Gedanken im Kopf und in seinen Taten hat."

Susan nickte verständnisvoll und folgte Ana, nichts als Blumenkränze bekleidet, mit erhobenem Kopf nach unten, wohl wissend, dass sie heute Abend eine wichtige Position in der Zeremonie innehaben würde und sich angemessen verhalten musste. Sie gingen zum Achterdeck, wo Nacktheit geboten war, und gingen zu der Stelle, wo eine Gruppe mehrerer Männer im Kreis auf denselben niedrigen Kissen saß, darunter der Riese, Ruth und Sire. Jeder saß mit gekreuzten Beinen da und zeigte scheinbar unbekümmert seine Nacktheit, und ein kurzer Blick in die Runde verriet Susan, dass es in der Gruppe keinen Grund gab, sich zu schämen.

Anna trat aus dem Kreis zurück und stand mit etwas Abstand hinter Ruth lächelnd aufmunternd, während Susan ihren Platz vor dem Holzständer einnahm, auf dem der Wasserkessel stand. Sie nahm ihren Beutel mit Fu'u und leerte ihn in eine kleine flache Schüssel, die vor dem Kessel stand, und als die Männer um sie herum wieder zu reden begannen, begann sie mit der komplizierten Zubereitungszeremonie. Wie Ana es ihr beigebracht hatte, blieb sie ruhig und ging alle Phasen langsam und sorgfältig durch, während die Männer um sie herum ihre

Technik kommentierten. Schließlich schüttete sie die erste Schöpfkelle zu einer Kokosnuss aus und erhob sich aus ihrer knienden Position, um sie Ruth mit gesenktem Kopf zu präsentieren.

Er wiederum nahm es mit einem gleichberechtigten Ritual entgegen und stieß auf seine Kultur, seine Freunde und die Tou'a an. Jeder Mann folgte ihrem Beispiel, während sie ihn bediente, und als sie mit dem Servieren des letzten Mannes in der Gruppe fertig war, stellte sie fest, dass der ursprüngliche Becher, den Ruth gegeben hatte, leer war, und sie begann sofort mit der zweiten Runde. Während dieser zweiten Runde hörten die Kommentare zu ihrer Technik auf und sie errötete, als sie ihren Körper kommentierten, von den Locken in ihrem Haar bis zu ihrer kahlen Fotze und der Farbe ihrer Schamlippen.

Die zweite Runde verlief langsamer und sie hatte Zeit, sich hinzusetzen und das Getränk umzurühren, bevor sie aufgefordert wurde, die Tassen wieder aufzufüllen. Das Gebräu wurde mit jeder Runde stärker und einer der Männer holte eine Gitarre hervor und begann zu singen. Sie war überwältigt von den wunderschönen Harmonien, die diese Männer beim Singen erzeugten.

Die kleinen, halb geschälten Kokosnussbecher fassten kaum mehr als drei Schlucke des Getränks, aber Sire lehnte ein Drittel ab, während die anderen Männer weiter tranken. Susan konnte sehen, wie sich die Männer unter dem Einfluss des Kava entspannten, und ihre Gespräche wurden in Bezug auf ihren Körperbau und die Tatsache, dass das kleine Feenmädchen es unmöglich ertragen konnte, einen der gut bestückten anwesenden Männer in ihre kleine Fotze zu stecken, immer anzüglicher.

„Sie ist nicht das naive kleine Mädchen, für das Sie sie halten", kicherte Sire, „der Schwanz ihres letzten Liebhabers würde Sie im Vergleich dazu alle wie kleine Jungen aussehen lassen." Unter den Männern brach schallendes Gelächter aus.

„Ist das so", erkannte der Mann Susan und Bozo, der sie befragt hatte, als sie zuvor eingetreten waren, „Nun, sie ist jetzt nicht bei ihm, vielleicht hat er es aufgegeben, in diese enge kleine Kiste zu gelangen." Susan spürte, wie ihr Herz stehen blieb, als der Mann über Robert sprach, als ob er noch am Leben wäre, und senkte ihren Kopf, damit niemand den Schmerz sehen konnte, der über ihr Gesicht huschte.

„Er ist gestorben, weil er wusste, wie gut es war. Ich bezweifle, dass du es jemals erfahren wirst", grollte Sire und beobachtete Susans Reaktion. Er konnte sehen, wie sich ihre Schultern hoben und senkten, während sie in geübter Beruhigung ihrer Gefühle tief Luft holte.

„Er hat wahrscheinlich getötet...", begann Boza mit einem böswilligen Unterton in seiner Stimme.

„Ich denke, ich werde deiner Tou'a ein Angebot machen, das sie nicht ablehnen kann", sagte Sire und unterbrach die bösen Worte, die aus Bozos Mund kamen. „Wenn das für dich in Ordnung ist, Ruth?"

„Wenn du noch länger warten würdest, würde ich es selbst tun", grinste Ruth und winkte Susan zu sich, bevor sie sie in eine feste Umarmung zog. „Du hast es gut gemacht, kleine Fee, du hast deinen Preis verdient." Er lächelte. „Helfen Sie Ana mit dem Essen, bevor Sie dieses Angebot hören, das Sie bitte nicht ablehnen können."

Die beiden Frauen trugen Platten mit etwas, das Susan für Kohlrouladen und eine Art Knödel hielt, zu den Männern, die mit den Fingern aßen. Als sie zu Bozo ging, ergriff er ihre Hand, sodass das Tablett fast umkippte, hielt sie fest und murmelte: „Also, was ist passiert, der alte Zuckerdaddy hatte einen Herzinfarkt, bevor du ihn für sein ganzes Geld nehmen konntest, kleine Schlampe?" Susan versuchte, ihren Arm freizuziehen, ohne eine Szene zu verursachen, aber es war unmöglich. „Ich kenne deinen Typ. Ich sollte dir eine Lektion erteilen, aber das würde dir wahrscheinlich gefallen, nicht wahr? Verdammte Hure", spottete er.

„Stop", flüsterte sie aus ihrem Mund, aber sie musste es nicht lauter sagen, denn als sie sah, was geschah, war Sire bereits auf den Beinen, aber nachdem er von Ruth aufgehalten worden war, blieb er an seiner Stelle stehen, als Ruth hinüberging und mit der Faust hineinschlug

Bozos Kiefer ließ ihn nach hinten fallen, zog Susan mit sich und verschüttete das Tablett mit dem Essen.

Es ging alles so schnell, dass sie sich im nächsten Augenblick, wie sie es merkte, in seinem typischen Feuerwehrmann-Klammer über Sires Schulter befand und er zwei Treppen auf einmal nahm. Sire ließ sie auf dem Bett fallen, stellte sich über sie und schaute sich kurz um. „Gut, dass deine Kleidung hier ist."

„Es tut mir so leid, Sire", flüsterte Susan traurig, „ich meinte nie..."

„Du brauchst nichts zu bereuen", sagte er sanft, während er sich vor ihr hinhockte und zur Abwechslung auf ihre Höhe kam. „Das war ganz und gar meine Schuld. Ich habe dummerweise deinen letzten Meister angesprochen. Ich habe nicht nachgedacht, vergib mir." Sire sah sie ernst an. „Es tut mir leid, dass ich Sie in eine solche Situation gebracht habe." Er nahm ihr Gesicht zwischen seine Hände und küsste sie sanft. „In Wahrheit bin ich stolz auf dich, weil du erkannt hast, dass du am Limit warst und es nicht mehr ertragen konntest."

„Ich war einfach schockiert. Ich meine, ich wurde von jeglichen Medien oder Anspielungen über den Altersunterschied zwischen Robert und mir ferngehalten. Ich habe nie wirklich darüber nachgedacht, wie es für Leute ausgesehen haben muss, die uns nicht kannten." Während sie sprach, glitzerten Tränen in ihren Augen. „Es tut mir wirklich leid, dass ich deinen Abend ruiniert habe. Kava soll entspannend und euphorisierend sein, und ich habe alles falsch gemacht."

„Das hast du nicht getan", dröhnte Ruth von der Tür und ließ Susan zusammenzucken. „Du wirst heute Nacht bleiben, wir werden beim Frühstück reden und du wirst deinen Preis erhalten", befahl er und deutete dann mit dem Kopf auf Sire.

„Ich bin gleich wieder da", Sire küsste Susan auf die Stirn und folgte Ruth aus dem Zimmer, an der Tür drängten sich die Gestalten, und Susan fühlte sich schuldig und beschämt und ließ den Kopf hängen.

Ana trat mit einem Lächeln ein, nachdem er gegangen war. „Wir Frauen sehen das wahre Gesicht von Kava, und es ist nicht immer schön." Die leise sprechende Frau lächelte verschmitzt; Apropos gutaussehend: Es gibt noch einen anderen, der dafür sorgen möchte, dass Ihnen der Vorfall nichts anhaben kann." Sie trat beiseite und eine weitere große Gestalt füllte den Türrahmen.

„ Barry!" rief Susan aus. „Ich meine, Sir Barry", korrigierte Susan sich sofort und brachte ihn zum Lachen.

„Hallo Susan", sagte er lakonisch, „Gregory hat mich dieses Mal gebeten, nach dir zu sehen, er war nicht sehr beeindruckt, dass du hier sein würdest. Mir hingegen gefällt es, das Essen ist fantastisch." Sagte er und versuchte, sie wegen seiner plötzlichen unangekündigten Anwesenheit zu beruhigen.

„Ich hatte keine Zeit, etwas auszuprobieren", sagte Susan leise, aber mit einem Lächeln, „Es sah aber wirklich gut aus." Barry hob bei ihren Worten eine Augenbraue. Und sie änderte schnell, was sie gesagt hatte. „Ich meine, ich war heute Abend einfach so beschäftigt, ich habe in letzter Zeit alles gegessen, was ich in die Finger bekommen konnte, ich kann es kaum erwarten, zurück in den Club zu kommen und wieder von Ihrer Speisekarte zu wählen." Barry lachte laut.

„Gut, ich erwarte dich, sobald du zurückkommst. Ich werde dir am Sonntagabend etwas Besonderes machen", zwinkerte er. „Komm, lass uns etwas trinken gehen." Er streckte ihr die Hand entgegen und runzelte die Stirn, als sie sie nicht sofort ergriff.

„Ich stehe unter dem Schutz und der Führung von Sire Wildman, also sollte ich wirklich warten, bis er zurückkommt, bevor ich irgendwohin gehe", Susan kaute auf ihrer Lippe und sah zu Barry auf.

„Ich hatte vergessen, was für ein braves Mädchen du warst", Barry setzte sich neben sie auf das Bett. „Dann warten wir und du kannst mir sagen, wie glücklich du warst, seit ich dich das letzte Mal gesehen habe. Könntest du für uns ein fantastisches Essen bestellen?" es nach unten schaffen?" Barry wandte sich an Ana.

„Natürlich", sagte sie und verließ den Raum. Barry hatte genau wie Andrew eine lockere Lebenseinstellung. Ähnlich wie Andrew die streng kontrollierende Art von Robert ausgeglichen hatte, schien Barry Gregory auszugleichen. Während sie sich unterhielten, konnte sie verstehen, warum jeder Mann den anderen als Mentor ausgewählt hatte, und sie lächelte über die Ähnlichkeit zwischen ihnen. Susan hätte fast ein Gespräch mit Andrew führen können, als sie da saß und über ihre Zeit mit Sire sprach.

Barry war erfreut, dass sie einige ihrer eigenen Grenzen kennengelernt hatte und ein sicheres Wort verwenden würde, wenn sie zu weit ging. Er war sich über diesen ganzen Plan, das Mädchen mit verschiedenen Meistern aus der Interessengruppe auszubilden, nicht sicher, aber dieses Mal mit Sire war es offensichtlich auf mehreren Ebenen von Vorteil gewesen.

Sire erwiderte einen viel ruhigeren Mann und schüttelte Barry glücklich die Hand, erleichtert darüber, dass es nicht Gregory war, der ihnen im Kava-Club entgegengekommen war. In seinem eigenen Kopf hatte er geplant, dass Barry sie treffen würde, aber er konnte nie ganz sicher sein, Gregory schien seine Pflichten gegenüber Susan so ernst zu nehmen, dass das Treffen mit ihm bei James und Sarah zu Hause ein Auge gewesen war - Öffnung, um es gelinde auszudrücken.

Sie machten sich gemeinsam auf den Weg zurück nach unten und gingen durch die vordere Bar. Susan war sich bewusst, dass sie nur mit den Blumenketten bekleidet war, die sie beim Servieren des Kava getragen hatte. Der Orgienraum hatte sich weiter gefüllt, seit sie am Nachmittag hereingekommen war, und überall herrschte Action, begleitet von den Pornos, die über die Bildschirme über den kleinen Möbelstücken liefen. Auf dem Weg zur hinteren Bar stand Susan auf, während sich die Männer auszogen, und sah sich um. Das Geschehen im Orgienraum hatte sich leicht auf diesen Bereich ausgeweitet, so dass ein Paar verdreht um das Spa herum lag.

Sire ging neben die Bar und hob Susan mühelos auf einen hohen Barhocker. Auf Einladung nahmen sie das Essen, das sie erwartete, und kehrten zu den Männern zurück, die immer noch singend und trinkend um den Kava-Kreis saßen. Anstatt in die Mitte des Kreises zurückzukehren, saß Susan zwischen Sire und Barry und hatte das Gefühl, in einer sicheren Blase eingehüllt zu sein. Ruth gesellte sich nach einer Weile zu ihnen und versperrte ihr mit seiner enormen Größe die Sicht auf den Rest des Raumes, also begann sie, den tätowierten Ärmel zu studieren, der Barrys linken Arm und die linke Seite seiner oberen Brust bedeckte. Sie war von dem Design fasziniert und ihre Augen wurden schwer, als sie halbherzig dem Gespräch um sie herum zuhörte, bis sich das Gespräch wieder ganz auf sie und ihre Eigenschaften konzentrierte.

„Ich hatte gehofft, dass sie heute Abend das Gefühl erleben würde, geteilt zu werden. Ich glaube nicht, dass sie jemals zuvor von mehreren Partnern genommen wurde, und ich glaube, sie ist eine Schlampe, die es sehr genießen würde", sagte Sire und blickte auf sie herab „Ganz zu schweigen davon, wie sehr ich es genießen würde, es anzusehen." Susan spürte, wie sich ihre Brust vor Angst zusammenzog, aber die Muskeln in ihrer Fotze spannten sich vor Aufregung bei dem Gedanken, im Orgienraum benutzt zu werden.

Überrascht hob Sire sie hoch und verkündete: „Aber es scheint, dass die Schlafenszeit des Kleinen schon vorbei ist, wenn Sie uns, meine Herren, entschuldigen würden." Enttäuschtes Gemurmel erklang im Kreis, aber niemand rührte sich, um sie am Gehen zu hindern.

„Ich bin nicht so müde", flüsterte Susan Sir ins Ohr, als er zu der Stelle ging, an der er und Barry ihre Kleidung in einem Spind abgelegt hatten. Er hielt sie von sich weg und sah ihr in die Augen, während er ihre Worte durch ihre Augen beurteilte.

„Jeder dieser Männer hat einen Wunsch geäußert. Sind Sie sicher, dass es das ist, was Sie wollen?" Er hatte sich wieder der Gruppe zugewandt, damit sie die Männer sehen konnte, die da saßen und sie beobachteten. „Es war ein langer, ereignisreicher Tag und ich werde Sie nicht dazu drängen, es sei denn, Sie möchten es tun."

Susan kaute ängstlich auf ihrer Lippe, doch als sie die Aufregung in Sires Augen sah, nickte sie. „Du wirst bleiben und dafür sorgen, dass ich in Sicherheit bin und für mich gesorgt bin, sodass ich nichts zu befürchten habe", gab sie ihren Gedanken Ausdruck.

„Vertrau mir, kleine Schlampe", grinste Sire und nickte Tui zu, der seine Masse von dem niedrigen Sitz hievte und die Männer in den Orgienraum führte. Er ging voran zu einem kleinen runden Bereich neben dem kleinen Barbereich, der offenbar für ihn reserviert war. Susan beobachtete das Geschehen, das sich überall im Raum abspielte, als sie hindurchgingen, mit weit aufgerissenen Augen, als sie versuchte, die komplizierten Gänseblümchenketten zu erkennen. Es schien, als ob kein Genital oder keine Brust von der Hand, dem Mund oder der Leistengegend unbedeckt bliebe, und sie staunte über die Ausgelassenheit und die Lautstärke des Lärms, der sie umgab.

Sire stellte sie auf den niedrigen runden Tisch in der Mitte des Raumes und sie sah sich nervös um. Tua reichte Sire eine Augenbinde und erklärte ihr die Tradition, dass sie nicht sehe, wer es ist, der die Option nutzt, die Tous zu testen, bevor sie ihrer Familie ein formelles Angebot macht, sie in sein Haus aufzunehmen. „Wie bei vielen alten Traditionen passt es nicht wirklich in diese Umgebung als solches, aber ich genieße das Ritual und möchte, dass sie es trägt", lächelte Tui auf sie herab und sie nickte zustimmend.

Sire beugte sich vor, legte ihr die Augenbinde um und murmelte: „Der erste Schwanz, den du lutschst, wird mir gehören, dann bleibe ich in der Nähe, du bist in Sicherheit."

„Ich weiß", sagte Susan ebenso leise und ließ ihre Aussage ihr Vertrauen in ihn zum Ausdruck bringen, als sie ihr Augenlicht verlor. Sie spürte, wie Sires Hände sie von der Stelle, an der sie in ihren Fersen gesessen hatte, hochhoben, um sie auf Händen und Knien zu positionieren. Sie atmete tief durch und spürte, wie ein Schauer über ihren Rücken lief, als sie ihre Lippen leicht öffnete und den Schwanz akzeptierte, den sie in den letzten Wochen so gut kennengelernt hatte. Sie konnte die anerkennenden Kommentare hören, die über ihre Technik gemurmelt wurden und wie tief sie den Schwanz in ihrer Kehle aufnahm, während sie gurgelte und sabberte.

Barry sah zu, im Gegensatz zu Gregory hatte er keine Skrupel, wenn es um Gruppensex ging, und war angenehm überrascht, als in der Gruppe eine Schüssel Kondome an Männer weitergegeben wurde. Während er saß, wurde ihm gesagt, dass das Ziel dieser Szene darin bestand, auf das Mädchen zu spritzen, das nicht in ihr war, und sie mit dem Beweis ihrer Erregung und ihres Verlangens zu überziehen, ohne das Risiko einer Schwangerschaft, ähnlich wie es die Japaner bei der Bukkake-Zeremonie taten. Er sah zu, wie ein junger Mann hinter sie trat und ein Kondom über seinen Schwanz rollte.

Sire zog knurrend aus Susans Mund und spritzte ihr seine Ladung ins Gesicht, während sie wimmerte und keuchte und sich dem Ficken widersetzte, das sie von dem jungen Mann bekam, der ebenso enthusiastisch zu sein schien. Sire fiel schwer atmend auf einen Stuhl zurück, als ein neuer Schwanz seinen Platz an ihrem Mund einnahm. Obwohl sie in ihrer eigenen Kultur dominant waren, waren nur wenige dieser Männer dominant im Sinne von Knechtschaft, und der Herr konnte sehen, wie Susans erhitzter Körper bebte, ohne den wahren Genuss, den das mit Schmerz vermischte Vergnügen ihr bereitete. Der Mann hinter Susan zog das Kondom heraus und zerrte daran, pumpte seinen Schwanz, als er zu ihrem Kopf ging, zog ihr Gesicht von dem Schwanz hoch, den sie lutschte, und spritzte seine Ladung über ihre Titten, während sie kreischte und nach Luft schnappte.

Als Susan sie losließ, ließ sie sich schwer auf den Tisch fallen und wurde von einer Hand auf den Rücken gerollt. Sie spürte, wie der Schwanz wieder an ihren Lippen entlang glitt, als ein neuer Schwanz in ihre Fotze eindrang. Hände packten ihre Brüste und neckten die Brustwarzen, und sie gurgelte vor Vergnügen, als sie fest gekniffen wurden. Wenn sie um mehr hätte betteln können, hätte sie es getan, denn das kleine Kribbeln, das das Kneifen in ihr auslöste, ließ schnell nach und ihre Erregung ließ nach, anstatt sich zu den größeren Höhen zu steigern, die sie in einen Orgasmus explodieren ließen.

„Diese Titten sind es kaum wert, gefickt zu werden, aber wenn ich mich richtig erinnere, haben sie eine schöne Farbe", grinste Barry Sire an und streckte eine Hand aus, um auf die Seite einer Brust zu schlagen, und folgte ihr schnell mit derselben Hand auf die andere. Barry war jedoch noch nicht mit ihr fertig, da er genau wusste, wie Robert war, kniff er in ihre Brustwarzen und drehte sie, während er sich an ihr Ohr beugte. „Du liebst das, du kleine Schlampe, all das Ficken und Saugen, aber ich weiß, was sie ist." Er ließ ihre Brustwarzen los und klopfte erneut auf ihre Titten, genoss die gedämpften Schreie und beobachtete, wie ihr Körper sich bewegte, als würde er um mehr betteln.

Susan erstarrte für einen Moment; Sie hatte vergessen, dass Barry da war, bis sie seine Stimme hörte. Der Schmerz entzündete sich in ihrem Gehirn und sie stieß gegen den Mann, der sie fickte, der anerkennend stöhnte und spürte, wie sich ihre Muskeln um seinen Schwanz anspannten. Sie errötete bei dem Gedanken, dass Barry von den Ereignissen dieser Nacht berichten würde, und spürte, wie das Sperma auf ihrem Gesicht und ihren Titten trocknete. Indem Susan seine Stimme aus ihrem jetzt fiebrigen Gehirn verbannte, genoss sie die Empfindungen der Schwänze und des Spermas, während sie wie ein wertvolles Fickspielzeug in der Mitte einer Gruppe von Männern lag.

Barry wich zurück, als die beiden Männer sich von ihr zurückzogen und gleichzeitig ihr Sperma über ihren Bauch, ihre Titten und ihr Gesicht spritzten. Barry übernahm die Kontrolle, zog sie zurück zu ihren Händen und Füßen, drang grob in sie ein und legte seine Hand um ihren Oberschenkel, um ihren geschwollenen Kitzler zu kneifen und zu drehen. Sie schrie vor Schmerz und Lust auf, bis sie wieder von dem großen Mann Tui zum Schweigen gebracht wurde, der ihr seinen Schwanz in die Kehle rammte.

Susan ließ ihren Kiefer schlaff werden, da sie nicht wusste, wessen Schwanz sie lutschte oder wer sie fickte, aber sie vermutete, dass es Barry war, der ihre Klitoris quälte, während sie mit seiner freien Hand auf ihren Arsch schlug. Sie war kurz davor zu kommen und ihr Körper zitterte, ihre Knie wackelten auf der Tischoberfläche. Die Ohrfeige ging weiter und Susan kam hart, ihre Fotze pulsierte um den Schwanz herum, während sie um den Schwanz in ihrer Kehle schrie, was den Mann vor ihr laut aufstöhnen ließ, ihn aus ihrem Mund zog und sie erneut mit seinem Sperma bespritzte. Ihr Gesicht fühlte sich an, als wäre es von Schleim triefend, als der Schwanz aus ihrer Fotze gezogen wurde und sich auf den kleinen dunklen Stern oder ihren Arsch richtete.

Ein weiterer Schwanz drängte sich an ihren keuchenden Lippen vorbei, als Barry sich durch den engen Ring ihres Anus nach vorne drängte. Susan heulte um den Schwanz herum, ihre Tränen aus dem Mund vermischten sich ungehindert mit dem Sperma und dem Sabber, die bereits ihr Gesicht bedeckten, während sie die Wellen, die durch ihren Körper rollten, weiter abspritzte. Obwohl sie wusste, dass niemand sehen konnte, wie sie vor Schmerz die Augen verdrehte, die die unsichtbaren Männer ihr bereiteten, verlor sie sich in dem Rausch, in dem sie schwebte, und verlor den Überblick darüber, wie lange sie dort blieb.

Sire beobachtete, wie Susans Körper zwischen den beiden Männern zuckte und zuckte. Er konnte sehen, dass sie jetzt auf einem Höhepunkt schwebte, der dazu führen würde, dass sie ohnmächtig würde, wenn die Wellen weiterhin durch ihren Körper rollten. Er stand auf und legte seine Hand auf ihre Taille unterstütze sie. Die Männer, die seine Bewegung sahen, erlaubten sich, schneller fertig zu werden, als sie es sonst vielleicht getan hätten, und traten zurück, während Sire sie in einer zuckenden, klebrigen Spermapfütze sanft auf den Tisch senkte, bevor er ihre eigene auf ihren Körper und ihr Gesicht auftrug.

Susan keuchte und wimmerte, als sie langsam wieder auf die Erde zurückkehrte. Ihre Augen flatterten, als die Augenbinde entfernt wurde. Sire half ihr, einen Schluck Wasser zu trinken, bevor er sich wieder auf seinen Stuhl setzte und das Gespräch fortsetzte, während sie in der Mitte des Kreises auf dem Tisch lag und sich erholte.

Als Susan ihre zärtlichen Hände berührte, öffnete sie die Augen und lächelte sanft, als sie Ana mit einer Holzschüssel und einem Tuch neben sich sah. Ihre schweren Augenlider schlossen sich jedoch wieder und sie ließ sich von Anas sanften Berührungen bewegen, bis sie in Sires Arme gehoben und nach oben getragen wurde.

Nachdem sich ihre Atmung wieder normalisiert hatte, wünschte Sire seinem Freund eine gute Nacht und hob sie hoch. Susan kuschelte sich eng an sich, während Sire sie ungewöhnlich festhielt, als er zu dem Zimmer ging, das sie teilen würden. Es war sehr spät und als Sire sah, dass sie erschöpft war, nahm sie ihre Blumen ab und legte sie vorsichtig ins Bett, schlüpfte neben sie und zog sie zu sich.

„Schlaf jetzt, Kleiner", murmelte er leise.

*****

Am Morgen frühstückten sie in der großen Suite, die Ruth mit Ana bewohnte, und ließen sich von den beiden Frauen Platten mit tropischen Früchten und kleine Platten mit gerösteten dicken Brotstücken sowie Schinken und Eiern servieren. Susan wurde mit großer Zeremonie ein Gerät zum Zubereiten und Servieren von Kava mit einem Wasserkocher und einer kleinen flachen Schüssel auf Beinen überreicht. Da ihre Reise noch ein paar Tage dauern würde, bot Barry an, es für sie in ihre Wohnung zu bringen, und sie nahm dankbar an, nachdem sie Ruth versprochen hatte, ihre Fähigkeiten zu üben und zu erneuern, wann immer sie konnte.

Sie verließen den Club gerade durch die vordere Bar, als sie von einer Hand am Arm aufgehalten wurde. Erschrocken drehte sie sich um und blickte in das verletzte Gesicht des Mannes, der sie am Abend zuvor angesprochen hatte.

„Ich entschuldige mich für die Art und Weise, wie ich dich behandelt habe, denn du hast Respekt verdient, und ich schäme mich", sagte er leise.

„Darf ich bitte einen Moment Zeit haben?" Susan hatte sich schnell umgedreht und blickte zu Sire und Barry auf, die spürte, wie sie hinter ihr sträubten. Sire nickte kurz, rührte sich aber nicht von ihrer Seite.

„Mir ist jetzt klar, dass du dir selbst wehgetan haben musst, die Dinge gesagt zu haben, die du mir angetan hast. Mein Meister starb, als er mich vor einem Kugelhagel beschützte; ich wusste, auch als wir nicht zusammen waren, wusste er, dass er mich beschützte; er liebt und beschützt mich auch jetzt noch", sie blickte zu Barry und Sire auf. „Er sorgte dafür, dass ich wusste, wie wertvoll ich für ihn war. Er folgte mir jedes Mal, wenn ich vor einer Herausforderung floh, ging Kompromisse ein und vergab mir meine Dummheit. Wenn dein Herz so gebrochen ist, dass es deinen Kopf durcheinander bringt, dann finde sie und Vergib ihr alles, was sie getan hat, denn es gibt nie genug Stunden am Tag, um sie mit Eifersucht und Schmerz zu verschwenden."

Der Mann stand fassungslos da, als Susan eine Hand ausstreckte und sie auf sein Herz legte, bevor sie sich abwandte und das Gebäude verließ. Sire und Barry brauchten einen Moment, um ihr nach draußen zu folgen. „Das war sehr gut gesagt, Kleiner", sagte Sire mit einem Lächeln, „Vielleicht habe ich dich wieder einmal unterschätzt."

„Ich glaube, jeder unterschätzt dieses Mädchen", Barry umarmte sie. „Rufen Sie an, wenn Sie mich brauchen. Wir sehen uns in ein paar Tagen wieder im Club." Susan sah zu, wie er zu seinem eigenen Fahrrad stieg, während sie zu Sire's gingen, und war dankbar, dass Gregory nicht dort gewesen war, um die Szene der Nacht zuvor mitzuerleben, sonst wären alle ihre Pläne sofort abgelehnt worden.

Sie reisten noch mehrere Tage durch das wilde Buschland und entdeckten Felsvorsprünge und wunderschöne versteckte Wasserfälle, bevor sie schließlich in die Zivilisation zurückkehrten und ihre gemeinsame Zeit zu Ende ging.

*****

Susan erwachte in ihrem eigenen Bett zu den fröhlichen Klängen des Morgenradios und spürte, wie eine seltsame Einsamkeit sie überkam. Sie blinzelte, bis sie völlig wach war, und blickte sich in ihrem Zimmer um. Sie wusste, dass sie umziehen musste und dachte über die riesigen Lagerräume nach, in denen Sire lebte. Das war auch nicht wirklich das, was sie wollte. Um ehrlich zu sein; Sie wusste nicht, was sie wollte, außer dass sie nicht hier sein wollte, umgeben von all den Dingen, die Robert ausmachten.

Sie rollte sich aus dem Bett und streckte ihren schmerzenden Körper. Sire hatte sie in den letzten Tagen gut behandelt und als sie am Spiegel vorbei ins Badezimmer ging, bemerkte sie einige blaue Flecken, deren Heilung ein oder zwei Tage dauern würde. Während sie ihr morgendliches Ritual einer Ganzkörperrasur unter der dampfenden Dusche durchführte, überlegte sie, welche Prioritäten sie in den nächsten Wochen in der Geschäftswelt setzen würde. Sie freute sich auf die Herausforderung, mit Alan zusammenzuarbeiten, und lächelte, während sie ihre Haare trocknete und ihr Make-up auftrug.

Immer noch nur mit Unterwäsche bekleidet, ging sie in die Küche, um etwas zum Frühstück zu suchen. Sie hatte Sire einige Versprechungen gemacht, bevor er sie letzte Nacht endgültig verließ, und eines davon war, weiterhin richtig zu essen. Sie stellte fest, dass ihre Küche wie immer voll ausgestattet war, und indem sie sich im Stillen bei Andrew bedankte, der auf sie aufpasste, stimmte sie zu, dass das Leben hier durchaus seine Vorteile hatte, auch wenn sie sich in der Erinnerung an Robert gefangen fühlte. Sie aß Müsli und getoastetes Obstbrot, bevor sie sich anzog.

Sie hatte vor, frühzeitig in die Firma einzusteigen, erkannte jedoch, dass sie keine Ahnung hatte, ob es Veränderungen im Büro gegeben hatte oder wie sie dorthin gelangen würde. Sie ging davon aus, dass Alan früher da sein würde, und beschloss, zur Rezeption zu gehen und sich dort ein Taxi oder einen Firmenwagen rufen zu lassen. Als sie ihre Wohnung verließ, bemerkte sie, dass sich die Tür zu Andrews Wohnung öffnete und steckte ihren Kopf hinein.

„Guten Morgen, Süßes", begrüßte Andrew sie aus der gemütlichen Lounge, wo er mit einem untersetzt aussehenden Mann saß. „Ich habe darauf gewartet, dass du auftauchst."

„Guten Morgen, Meister Andrew", sagte Susan fröhlich. „Guten Morgen", fügte sie hinzu und grüßte den anderen Mann, den sie nicht kannte.

„Das ist Lincoln", sagte Andrew zur Einführung, „Er wird Ihr Fahrer sein, während Sie in der Stadt sind."

„Oh, ich bin mir sicher, dass ich keinen eigenen Fahrer brauche. Ich habe gerade darüber nachgedacht, einen Kleinwagen zu kaufen, mit dem ich jeden Tag zur Arbeit und am Wochenende vielleicht nach Hause fahren könnte", war sie über die Ankündigung verblüfft. „Mein altes Exemplar schien gestorben zu sein, als ich es vor ein paar Wochen bei meinen Eltern sah."

„Durch den Verkehr und das Parken und so ist es einfach besser", beruhigte Andrew sie, während er ihr durchsetzte, was er wollte. „Gregory oder ich können dich nach Hause bringen, wenn du am Wochenende hin willst", lächelte er. „Es ist immer schön, Carla zu sehen, wenn ich dort unten bin.

„Oh, okay, denke ich", stimmte Susan zu. „Ich wollte einfach niemanden in Schwierigkeiten bringen, wenn ich gerne selbst fahre."

„Überhaupt kein Problem", sagte Lincoln und stand auf, „sonst wäre ich arbeitslos. Ich vermute, Sie sind dann bereit zu gehen?"

„Ja, bitte", grinste Susan, bevor sie sich wieder Andrew zuwandte. „Wissen Sie, ob sie die Büros schon gewechselt haben?"

„Das haben sie, aber schauen Sie bei Anne und Alan vorbei, wenn Sie ankommen, werden sie Sie erwarten", schlug Andrew vor. „Schön, dass du wieder da bist, Susan. Iss heute Abend mit mir zu Abend."

„Ich habe Barry sozusagen versprochen, heute Abend mit ihm im Club zu Abend zu essen und ihn mir ein neues Gericht zeigen zu lassen, das er gerade ausprobiert hat", sagte sie nachdenklich.

„Ah, gut, dass wir da aufholen können", lächelte er und sie kaute auf ihrer Lippe und fragte sich, ob es Barry etwas ausmachen würde, aber sie ahnte es nicht und erwiderte sein Lächeln. Er stand mit ihnen auf und machte sich bereit zu gehen. „Vielleicht komme ich morgen früh vorbei und sehe mir die Spielereien an, die bei Ihrer Rückkehr passieren." Er lachte leicht, als er den entsetzten Gesichtsausdruck sah. „Gerüchten zufolge stehen Sie kurz vor einer feindlichen Übernahme", lachte er lauter, „und ich habe beschlossen, dass ich das sehen möchte."

„Nun, wissen Sie, mit der Unterstützung eines Prinzen aus dem Nahen Osten und so", sagte sie leichtfertig, aber innerlich stöhnte sie. Sie hatte nur gehofft, unentdeckt hineinzuschlüpfen und ihren Geschäftsplan in Angriff zu nehmen, der für sie den Beginn einer neuen Karriere bedeuten würde, auf die sie sich wirklich gefreut hatte.

Sie hatte gerade zwei Wochen ohne die ständige Erinnerung an Robert und die mitleidigen Blicke ihrer Freunde verbracht, und als sie nun erneut mit der Realität konfrontiert wurde, schwand ihre Begeisterung, in die Firma zurückzukehren. Sie holte tief Luft und griff entschlossen nach der kleinen Aktentasche, in der sich ihr Telefon, ihre Brieftasche und jede Menge leerer Platz befanden. Dann ging sie mit den Männern hinunter zum Parkplatz unter dem Gebäude.

Andrew fragte nach ihrer Zeit mit Sire auf der kurzen Fahrt und versprach ihr, ihm mehr zu erzählen, wenn sie sich an diesem Abend sahen. Susan war sich nicht sicher, ob sie Sire viel von dem erzählen wollte, was in den zwei Wochen passiert war. Sie arbeitete immer noch in Gedanken an alles, was sie gelernt hatte, aber sie liebte Andrew und wusste, dass er sich um sie kümmerte und nur aus Sorge um sie fragte, also hatte sie zugestimmt.

Sie betraten das Gebäude durch das Foyer und wie üblich wurde Susan herzlich begrüßt, als ob sie schon immer hierher in die Welt der Großunternehmen gehört hätte, und so lächelte sie und begrüßte alle nacheinander. Der Aufzug war überfüllt und leise, sanfte Stimmen hießen sie willkommen und sagten, sie seien froh, dass es ihr so gut ginge. Sie tat ihr Bestes, um ein höfliches Gespräch zu führen und jedem zu danken, aber sie war dankbar, als jeder von ihnen auf verschiedenen Etagen den Raum verließ, bevor sie oben ankam.

Auf dem Weg zu den Chefetagen ertrug Susan eine weitere Runde der Begrüßung und des Smalltalks, bis sie schließlich im Vorraum stand und Anne umarmte, die sie weghielt und sie kritisch ansah. „Auf dem Weg nach oben musste ich den Fehdehandschuh laufen, nicht wahr, Schatz?" fragte sie und umarmte Susan ein zweites Mal.

„Ja, aber ich denke, ich sollte mich nicht wundern, es wird eine Weile dauern, bis sich die Leute daran gewöhnen, mich wieder jeden Tag zu sehen. Ich freue mich aber wirklich darauf, mit diesem Geschäftsplan zu beginnen", sagte sie, ihre Begeisterung hellte sich auf.

„Ich werde mich bei Alan melden", sagte Andrew und ging zur Tür zum Büro. „Ihr zwei Mädchen, nehmt euch eine Minute Zeit, kommt herein, wenn ihr bereit seid."

Susan sah zu, wie sich die Tür zu Alans Büro öffnete und schloss. Es fühlte sich seltsam an zu wissen, dass dies jetzt Alans Büro war, obwohl es immer Roberts gewesen war. Sie war seit kurz nach seinem Tod nicht mehr hier gewesen; als sie einen völligen emotionalen Zusammenbruch erlitten hatte und ihr Platz hier in der Firma verändert worden war. Sie sah sich mit neuen Augen im Vorraum um, der jetzt Annes Büro war und einst ihr gehört hatte.

Es war renoviert worden, und wenn sie nicht die Zeit gehabt hätte, darüber nachzudenken, hätte sie wahrscheinlich nicht einmal gewusst, dass es sich um dasselbe Büro handelte; es war so dramatisch verändert worden. „Ich liebe, was du hier draußen getan hast", sagte sie übertrieben fröhlich.

„Ich bin so froh, dass du zustimmst", Anne warf ihr erneut einen abschätzenden Blick zu. „Oh Schatz, wir versuchen alle nur, auf unsere eigene Art weiterzumachen, es ist in Ordnung, uns zu fühlen ..."

„Ich weiß", sagte Susan sanft und beruhigte sie schnell, „es ist wirklich alles erstaunlich!" Aber ihre Begeisterung spiegelte sich nicht im Tonfall ihrer Stimme wider. Anne blickte sie stirnrunzelnd an und fuhr schnell fort: „Es wird nur ein bisschen dauern, bis man sich an all die Veränderungen gewöhnt hat. Das ist alles. Du hast wirklich großartige Arbeit geleistet."

„Na dann mach dich bereit, Schatz." Anne trat hinter Susan und nahm sie an den Schultern, während sie sie zur Tür zu dem, was einst Roberts Büro war, trieb. Susan legte kurz ihre Hand auf die geschlossene Tür und kämpfte gegen den Drang, auf die Knie zu fallen, bevor sie sie schließlich öffnete und eintrat.

Die Veränderungen in dem riesigen Büro waren verblüffend, und Susan stand direkt vor der Tür und fühlte sich unsicher. Alan winkte sie weiter in den Raum und stand von seinem Schreibtisch auf, um sie zu umarmen. „Wie war dein kleines Abenteuer? Bist du bereit, dich ernsthaft an die Arbeit zu machen?" Sein Lächeln war breit und sie spürte die Wärme von mehr als nur seinen Armen, als sie sie umgaben.

"Ich freue mich darauf!" Susan quiekte, als sie in der Umarmung zerquetscht wurde.

„Gut, ich habe einige Pläne für diese Woche gemacht, aber das Wichtigste zuerst: Ihr neues Büro und Sie müssen mit dem Vorstellungsgespräch für eine neue Assistentin beginnen", hörte er auf zu sprechen, als sie nach Luft schnappte.

„Cassandra kommt nicht zurück?" fragte sie verwirrt.

„Sie wird hier sein, um Ihnen bei der Einrichtung zu helfen, aber es ist das Beste, wenn Sie jemand anderen haben, insbesondere für die Reise, die Sie unternehmen müssen", sagte Alan in einem Ton, der klang, als wäre dies keine verhandelbare Entscheidung und Susan kaute noch einmal auf ihrer Lippe und nickte leicht. Alan wurde plötzlich ernst: „Andrew und ich haben darüber gesprochen, und wir wollen keine gefährlicheren Affären mehr wie die unten im Strandhaus. Cassandra ist deine Freundin und sie liebt dich, diese Dinge machen nicht unbedingt eine aus." Guter Assistent. Verstehen?"

„Ja, Meister", sagte sie leise. Sie war traurig, als sie daran dachte, dass die Folgen ihres eigenen Handelns die Ursache dafür gewesen waren, aber vielleicht war noch nicht alles verloren, als sich in ihrem Gehirn eine Ahnung von einer Idee bildete.

„Gut", er grinste sie mit seinem jungenhaften Grinsen an, „Jetzt habe ich einen Zeitplanentwurf für diese Woche erstellt, es wird ein harter Zeitplan, aber wir haben in kurzer Zeit viel zu tun, bevor Sie losfahren." „Ein weiteres Abenteuer", warf er ihr einen neckenden Blick zu. „Wenn Änderungen vorgenommen werden müssen, ist Anne die Ansprechpartnerin oder Patrick in ihrer Abwesenheit.

Verwirrung zeigte sich auf ihrem Gesicht, als sie ihr Gehirn durchging und Patrick und Rhys von ihrem letzten Besuch in der Firma fand. Sie lächelte, als er ihr den Entwurf des Zeitplans und mehrere andere kleine Ordner reichte.

„Dies ist eine kurze Liste für Ihre persönlichen Assistenten, dies ist eine Liste möglicher Dekorateure für Ihr neues Büro, dies", er hielt eine königsblaue Mappe hoch, „ist Ihr Geschäftsplan mit einer beträchtlichen Menge an Überarbeitungsnotizen und Vorschlägen." Lesen Sie es heute sorgfältig durch, wir werden uns morgen treffen und damit beginnen, es zu glätten. Er war so frisch und sachlich. Ganz anders als der lockere Alan, den sie immer gekannt hatte. Sie vermutete, dass es eine schwierige Aufgabe für ihn war, hier in Roberts Fußstapfen zu treten, oder vielleicht lag es auch daran, dass sie nie wirklich geschäftlich mit ihm zu tun gehabt hatte; Er war Robert gegenüber immer so entspannt und fröhlich gewesen, wenn sie dort war.

Er schlang sie wieder in seine großen Arme und seine Stimme wurde etwas sanfter. „Anne wird dir bei dem Rest helfen. Ich bin sicher, du erinnerst dich an genug von der Arbeit mit Robert, um dich in den Chefetagen zurechtzufinden. Es ist schön, dich wieder da zu haben." Ich kann dich öfter sehen, Kleines; ich habe dich vermisst.

„Und ich habe dich vermisst", sie erwiderte seine Umarmung von ganzem Herzen. „Es ist gut, dass ich früher gekommen bin, es scheint, dass Sie eine schwere Aufgabe werden, Meister", neckte sie ihn mit einem halben Lachen. „Dann sollte ich wohl gehen und mein Büro suchen", sagte sie fröhlich, wollte jetzt einfach loslegen und dachte über alles nach, was sie tun musste.

Alan sah ihr nach. Er machte sich Sorgen darüber, wie sie mit ihrer neuen Position im Unternehmen umgehen würde. Robert hatte sie wegen ihrer natürlichen Unterwürfigkeit ausgewählt, und dafür gab es in der Geschäftswelt keinen Platz, schließlich würde sie einige schwierige Entscheidungen und Verhandlungen alleine treffen müssen. Er fragte sich, ob ihr klar war, dass ihre Ausbildung hier genauso schwierig und anstrengend sein würde wie die ihrer anderen Abenteuer.

Er wandte sich an Andrew. „Wie geht es ihr wirklich?"

„Ich scheine dieses kleine Mädchen immer zu unterschätzen", zuckte Andrew mit den Schultern. „Sie ist auf ihre Art ziemlich hart. Glaube ich, dass sie über Robert und alles, was passiert ist, hinweg ist? Bei weitem nicht, aber wenn ich darauf wetten müsste, ob ihr Plan funktioniert oder nicht, würde ich eine kräftige Summe darauf setzen." Es."

„Hoffen wir, dass du Recht hast, mein Freund", Alan blickte zurück auf die Besorgnis, die sich auf seinem Gesicht abzeichnete.

*****

Susan folgte Anne hinaus und den Korridor hinunter zu Andrews ehemaligem Büro, wo Patrick im Vorraum saß und einen Morgenkaffee trank. Als er sie entdeckte, sprang er von seinem Sitz auf und eilte herüber, um Susan zu umarmen.

„Susan! Süße!" Sie grinste und umarmte ihn zurück. „Ich weiß, dass ich gesagt habe, dass ich mich nicht bewegen würde, aber der Meister wollte es so sehr und wer bin ich, das abzulehnen?" Er verdrehte die Augen. „Es ist noch nicht fertig, aber schauen Sie mal, dieser ganze Boden war in den letzten zwei Wochen nur von Innenarchitekten und gutaussehenden Handwerkern besetzt! Ich war im Himmel, Liebling!"

Susan kicherte und ließ sich von ihm durch den Vorraum und in das große Büro führen, das den gleichen Grundriss hatte wie das, was jetzt Alans Büro war. Rhys Muldoon begrüßte sie hinter seinem Schreibtisch mit einem Lächeln: „Guten Morgen Susan, hatten Sie eine schöne Pause?"

„Ja, danke." Sie war sich nicht sicher, wie die richtige Anrede lauten würde, aber da sie wusste, dass er Patricks Meister war, entschied sie sich für die Bezeichnung „Sir."

„Ich freue mich auf die Zusammenarbeit mit Ihnen, ich glaube, wir haben morgen ein Treffen", er warf Patrick einen Blick zu, der zustimmend nickte. „Ich habe Ihren Plan gelesen, er hat einige Vorteile, aber ich möchte Ihnen ein paar Fragen stellen. Sie können jedoch warten, da ich sehe, wie Patrick anfängt zu schmollen, da ich bereits einen Großteil Ihrer Zeit in Anspruch genommen habe. Das werden wir." Wir sehen uns ziemlich oft, während Sie hier sind." Er warf Patrick einen strengen Blick zu, der trotz seiner sanften, höflichen Worte an Susan Bände sprach. „Wie immer schön dich zu sehen , Anne", er neigte seinen Kopf. „Susan wird bei all deiner harten Arbeit noch viel Zeit zum Ooh und Ah haben, Patrick. Lass sie gehen und ihren Tag beginnen, sie hat noch viel nachzuholen, nicht wahr?" Er drehte sich zu ihr um.

„Das tue ich auf jeden Fall", nickte sie. „Ich würde aber gerne wiederkommen, wenn ich mehr Zeit habe", lächelte sie Rhys und dann Patrick an. Es begann ihr zu dämmern, dass sie sich in einer prekären

Lage befand. Sie war keine Assistentin mehr, und sie gehörte auch nicht wirklich zu den Führungskräften, sie war eine Art Nachsicht, wie die seltsame Cousine, die einen Job im Familienunternehmen hatte, nur weil sie zur Familie gehörten. Sie hasste den Gedanken, dass irgendjemand von den wirklichen Führungskräften meinte, sie hätte ihren Platz dort nicht verdient. Sie entschied, dass sie sich an die Arbeit machen und beweisen musste, dass sie es wert war, dort zu sein, bevor sie weitere Besichtigungen der Büros anderer Leute unternahm.

„Ich würde wirklich gerne mein eigenes Büro sehen, bevor alle anderen", lachte sie leicht. „Es tut mir leid, dass ich Sie gestört habe, Sir", sagte Susan im gleichen fröhlichen Ton. Die drei verließen das Büro und gingen zurück in den Vorraum. „Es tut mir leid, wenn ich dich in Schwierigkeiten gebracht habe, Patrick", sagte Susan leise.

„Machst du Witze? Das war kaum ein halbherziges Murren", grinste Patrick. „Außerdem hat er recht, los geht's, wir essen am Mittwoch zu Mittag", sagte er leichthin.

„Mein Terminkalender schien ziemlich voll zu sein", sagte Susan, „ich bin mir nicht sicher ..."

„Wer hat Ihrer Meinung nach den Zeitplan erstellt?" Er zwinkerte Anne zu.

„Du hättest nicht gedacht, dass ich diesen Entwurf verfassen würde, ohne ein oder zwei Mittagessen mit mir hinzuzufügen, oder?" Anne klang entsetzt über die Idee und Susan lachte.

„Ehrlich gesagt, außer dem Wunsch, mein Büro zu finden und mich hinzusetzen, um mir diesen Zeitplan anzusehen, habe ich an nichts wirklich gedacht!" Sie verdrehte die Augen. „Es ist großartig, euch beide zu sehen. Ich brauche meine Freunde jetzt wirklich mehr denn je, aber ich habe einfach das Gefühl, dass ich anfangen muss, sonst bin ich derjenige, der in Schwierigkeiten steckt."

„Okay, Schatz, lass uns gehen", sagte Anne und Patrick wünschte ihr Glück, als sie den Korridor verließen und hinuntergingen. Ein paar Runden später betraten sie eine kleine Bürosuite, die aussah, als wäre sie frisch renoviert worden. Die neu gestrichenen Wände waren in neutralem Beige gehalten, ebenso wie der Teppich. Die einzigen Möbelstücke waren ein Assistentenschreibtisch und ein Stuhl, auf denen ein Computer stand, und im Hauptbüro war die gleiche Einrichtung vorhanden, jedoch mit einem zusätzlichen Bücherregal, das ebenfalls im gleichen Beige wie die Wände gestrichen war.

„Es ist ein sauberer Plan, Liebling, es zu machen, genau so, wie du es willst", sie gestikulierte durch den praktisch leeren Raum. „Ich habe ein paar Ideen, wenn du dich später noch unterhalten möchtest, ruf mich einfach an. Soll ich ein paar Minuten bleiben? Oder bis Cassandra hier ist?"

„Nein, ich glaube, ich brauche nur ein paar Minuten, um alles zu verarbeiten", sagte Susan sanft und ging um den Schreibtisch herum, um sich auf den Stuhl zu setzen. „Danke für alles, Anne. Ich bin so froh, dass du in deiner Nähe bist. Ich glaube, ich werde meine Freunde in den nächsten zwei Wochen brauchen", lächelte sie schief. „Du gehst besser zurück, bevor Alan denkt, ich hätte seinen Assistenten gestohlen, damit ich seine Auswahlliste nicht befragen muss."

„Sehen Sie sich an, Sie sind die harte Geschäftsfrau", neckte Anne. „Ich bin froh, dass Sie endlich nah genug dran sind, um auch Kontakt aufzunehmen. Sie wissen aber, dass ich Details von letzter Woche möchte, oder?" fragte sie lachend und ließ Susan erröten.

„Ja, du und alle anderen", lachte Susan, „Was ist mit dem Nicht-Küssen und Erzählen passiert? Es war großartig, anders, aber großartig."

„Das reicht für den Moment", Anne zwinkerte, schwang sich und verließ das Büro, während Susan ihren Gedanken überließ.

Sie schaute sich im Raum um und wusste, dass die Zeit mit Innenarchitekten kaum nötig sein würde, sie wusste, was sie wollte. Sie war sich nicht sicher, was andere davon halten würden, aber für sie wäre es perfekt. Was sie dafür brauchte, war ein Projektmanager oder zumindest ein Beschaffungsbeauftragter und sie fragte sich, ob sie stattdessen Geld in ihrem Budget dafür hätte. Ehrlich gesagt hatte sie jetzt genug eigenes Geld, um zu tun, was sie wollte, aber ihr Leben hier in der Firma würde nie so einfach sein, solange sie von zwei Meistern bewacht wurde und darum kämpfte, sich zu beweisen.

Sie würde heute keine Wellen schlagen; Sie würde tun, was von ihr verlangt wurde, und alle Ankömmlinge befragen. Sie ging ihren Zeitplanentwurf durch, nahm dann jeden Punkt auf ihrem Schreibtisch und untersuchte ihn. Sie hatte einen neuen Computer, einen Android, der offensichtlich mit dem Firmenserver verbunden war, und alles, was sie brauchte, war ordentlich an der Seite gestapelt. Nun, dachte sie, es gibt keinen besseren Zeitpunkt als jetzt, sie schlug ihr Geschäftsangebot auf und blickte in ein Meer aus blauen und roten Markierungen und Kommentaren, die über ihr ordentlich getipptes Dokument gekritzelt worden waren.

Sie hatte kaum die Hälfte der ersten Seite durchgelesen, als Cassandra hereinkam. „Nicht viel Leerzeichen, oder?" Sie sagte, sie schaute sich um; Susan quietschte vor Freude, stand auf und umarmte die Frau.

„Es tut mir so leid, dass ich dich in Schwierigkeiten gebracht habe, wenn ich das gewusst hätte ..."

„Du wärst trotzdem jede Nacht weggelaufen", lachte Cassandra. „Mach dir keine Sorgen, Ärger macht das Leben interessant, wenn du in meinem Alter bist."

„Gut, weil ich denke, dass ich an diesem stickigen Ort etwas anrichten könnte, und ich brauche einen Schild", lachte Susan mit ihr.

„Es ist so schön, dich wieder zu haben. Haben wir Zeit für ein kurzes Gespräch?" Cassandra umarmte sie erneut.

„Wir kommen gleich, wenn Sie heute Morgen gleich anfangen und ein paar Anrufe für mich tätigen können?"

„Natürlich, süßes Mädchen, ich hätte nicht gedacht, dass du so schnell mit etwas für mich fertig sein würdest", war Cassandra ein wenig überrascht.

„Ich habe jetzt schon eine ganze Weile darüber nachgedacht und kann es kaum erwarten, damit anzufangen", Susan grinste mit ansteckender Aufregung, „und ich bin so froh, dass du hier bei mir bist; ich habe mal eine neue Berufsbezeichnung für dich." Ich stelle einen neuen Assistenten ein, wenn du hier bleiben willst, zumindest in Teilzeit."

Cassandra war ein wenig überwältigt; Sie hatte die Entscheidung, sie als Susans Assistentin zu entlassen, nicht bestritten, vielmehr hatte sie dieses Gespräch mit Alan angezettelt. Sie hatte weniger Lust gehabt, zu einer Vollzeitbeschäftigung zurückzukehren, aber die Möglichkeit, gelegentlich mit Susan zusammenzuarbeiten, gefiel ihr sehr, und so hatte Alan zugestimmt, die Verantwortung für die Veränderung zu übernehmen, sodass Susan dies tat Ich hatte nicht das Gefühl, dass eine ihrer Freundinnen sie im Stich ließ. Sie hatte Susans Reaktion nicht als ganz so herzlich empfunden .

„Was soll ich tun?" Sie war von Susans Begeisterung fasziniert.

„Hier ist die Liste der Innenarchitekten, mit denen ich mich treffen soll. Schauen Sie sie sich für mich an. Ich bin auf der Suche nach klaren Linien, Metall und Stein, Skulpturen vielleicht, wenn sie alle gemütlich oder mit Holz- und Blumenmustern überladen sind, dann sagen Sie ab. Ich weiß was." Ich will; ich brauche nur jemanden, der es für mich besorgen kann", sagte Susan entschieden.

„Okay, wer bist du und was hast du mit meiner unentschlossenen, unsicheren, süßen kleinen Susan gemacht", lachte Cassandra.

„Ich will diese Cassandra für mich. Ich werde keinen anderen Robert finden; das ist mir klar", seufzte sie, „und ich muss ihnen zeigen ... ich muss ihnen zeigen, dass ich es mit diesem Projekt ernst meine, dass ich mehr bin." als nur ein Sub, den Robert als Geschäftsfrau spielen ließ. Sie spürte, wie die Tränen, die sie seit über einer Woche nicht mehr vergossen hatte, wieder aufstiegen.

„Gut, dann zeigen wir diesen arroganten Bastarden, dass sie keine Ahnung haben, mit wem sie es zu tun haben", sie nahm Susan die

Liste aus der Hand, „lassen Sie es mich wissen, wenn Sie noch etwas brauchen, Miss Biancotti", sie zwinkerte und brachte Susan zum Kichern.

Susan saß da und vertiefte sich erneut in den Geschäftsvorschlag, bis der interne Messenger-Dienst auf ihrem Computer zum Leben erwachte. Ihr erster Gesprächspartner für die Stelle als Assistentin war eingetroffen und schien sehr gutaussehend zu sein. Susan lächelte, als sie zurücktippte: „Schick ihn rein!"

Susan stand auf, als sich die Tür öffnete, und Cassandra führte einen großen, muskulösen Mann herein. Dies sollte ein Muster sein, das Susan bald erkannte, als jede halbe Stunde ein anderer Bewerber durch ihre Tür kam, der eher wie ein Leibwächter als wie ein Assistent aussah. Fünf der sechs Bewerber waren männlich und als der letzte ging, war Susan angesichts dieser kurzen Liste, die Alan ihr gegeben hatte, über alle Maßen misstrauisch. Sie war auch am Verhungern, trotz des Kaffees und der Leckereien, die Cassandra ihnen an diesem langen Vormittag serviert hatte. Sie blickte auf den Entwurfsplan und dann auf ihre Uhr; Das Mittagessen war erst in einer Stunde geplant, also rief sie Cassandra herein, um sich von ihrem knurrenden Bauch abzulenken.

„Also, was ist Ihr Urteil, war das die PA- oder Bodyguard-Liste?" Susan lehnte sich in ihrem Stuhl zurück.

„Beides", gackerte Cassandra. „Nicht sehr subtil, oder?" Susan schüttelte den Kopf. Cassandra sah sie schlau an. „Okay. Folgendes habe ich herausgefunden:" Sie liebte Susan wie eine Tochter und war stolz auf die Art, wie sie mit sich selbst umging. Sie hatte nicht vor, sich von Andrew und Alan manipulieren zu lassen. „In den Clubregeln heißt es nun, dass jeder neue angehende Dominant einen Mentor aus der Elite des Clubs haben muss, sofern er nicht von einem Clubmitglied nachgewiesen oder befürwortet wird. Jeder dieser Männer und diese Frau haben sich alle kürzlich um die

Berücksichtigung durch die Clubelite beworben." " Sie ließ Susan diese Informationen aufnehmen.

„Ich glaube, drei davon sind unabhängige Auftragnehmer, mietbare Muskeln und professionelle Leibwächter. Einer der anderen kommt aus altem Vermögen und hat ein unabhängiges Einkommen aus Investitionen; der andere ist ein Privatdetektiv und die Frau war die Einzige, die einem nicht vertraute." Eine alte Dame wie ich mit ihren Geheimnissen. Keiner von ihnen braucht diesen Job wirklich, aber es wäre für sie kein Problem, ihn anzunehmen, anstatt das zu tun, was sie gerade tun, um die Räder im Club zu schmieren.

„Ich sehe, dass der Eintritt in den Club mit, sagen wir, Andrew, dem großen Drachen der Unterwelt als Mentor, eine Belohnung ist, für die es sich lohnt, auf mich aufzupassen", seufzte Susan.

„Ich habe herausgefunden, dass einer der muskelbepackten Männer eine Abendschule absolviert hat, um seinen Abschluss in Betriebswirtschaft zu machen", fügte Cassandra hinzu. „Es ist erstaunlich, was sie der alten Dame erzählen, was ihrer Meinung nach hier eine Zeitarbeitsfirma ist."

Susan schob den Lebenslauf der BWL-Studentin über den Schreibtisch zu Cassandra. „Sie werden mich zwingen, eine auszuwählen, unabhängig davon, was ich von ihren Qualifikationen in der engeren Auswahl halte, und seien wir ehrlich, diese Frau war einfach nur furchteinflößend", sie schauderte. „Rufen Sie an." „Sehen Sie, ob er noch nahe genug am Gebäude ist, um für ein paar weitere Fragen noch einmal vorbeizukommen ." Sie schenkte Cassandra ein böses Grinsen.

Eine Viertelstunde später saß Susan Cassandra und Mark Braithwaite gegenüber an ihrem Schreibtisch. „Haben Sie von mir gehört, bevor Sie sich für diese Stelle beworben haben, Herr Braithwaite?" Sie machte eine Pause: „Mein Unfall in Italien, seine Folgen und wie ich zu meiner neuen Position in diesem Unternehmen gekommen bin?"

„Ja, und Ihr Verlust tut mir so leid. Herr Marino war ein wirklich großartiger Mann, trotz allem, was er in seinem Leben erreicht hat", seine Worte waren aufrichtig und das zeigte sich in seinem Gesichtsausdruck.

„Das ist also, was ich weiß", begann Susan und erzählte die Einzelheiten des Deals, den Alan mit den Bewerbern gemacht hatte und über den Cassandra sie informiert hatte. „Richtig oder falsch?"

„Stimmt", Mark sah ihr in die Augen.

„Und Sie würden das als einen einfachen Babysitter-Job ansehen, während Sie einen Mentor und eine sofortige Mitgliedschaft im MR. Club hätten, wahr oder falsch?" Susan senkte ihren Blick nicht.

„Das lässt sich nicht so einfach mit einem einzigen Wort beantworten", begann Mark und hielt inne. Als Susan nicht sprach, führte er es aus. „Ich habe dies sowohl auf beruflicher als auch auf persönlicher Ebene als Chance gesehen. Ja, ich würde Mitglied werden und einen Mentor bei MR gewinnen, aber ich würde auch dabei helfen, auf der Grundlage dessen, was ich verstehe, ein völlig neues Geschäftsangebot zu entwickeln, und zwar in." an sich ist eine aufregende Aussicht. Was die Aufgaben des Babysittens betrifft, gehe ich davon aus, dass Sie mich bei so vielen Menschen, die sich um Ihr Wohlergehen kümmern, kaum brauchen." Er sah Cassandra vielsagend an, bevor er sich wieder Susan zuwandte.

„Haben sie dir gesagt, wer dein Mentor sein würde?" Aus irgendeinem Grund war das Susan wichtig.

„Ich gehe davon aus, dass ich, da Sie hier mit den großen Jungs zusammenarbeiten, nur die beste Einführung in die Welt der Großunternehmen bekomme", lenkte er ihre Frage ab und führte das zusätzliche Interview über den Arbeitsplatz.

„Und im Club?" sie drängte ihn.

„Ich habe nach Gregory gefragt, aber er hat nicht zugestimmt", gab Mark schließlich zu.

„Ich könnte Ihnen dabei möglicherweise helfen. Er wurde zu meinem persönlichen Beobachter ernannt, also bin ich mir sicher, dass er sozusagen jemanden im Inneren lieben würde", Susan zuckte zusammen, als sie den Ton in ihrer eigenen Stimme hörte.

„Ehrlich gesagt dachte ich, dass dies beruflich ein guter Job wäre, und obwohl es ein großer Bonus ist, mir den Einstieg in den Verein zu erleichtern, würde ich die beiden bitte lieber getrennt halten", sagte er mit deutlicher Frustration in der Stimme.

„Ihnen ist klar, dass ich im selben Gebäude wohne wie der Club und dass man mich dort gelegentlich sieht, was für uns beide sehr unangenehm werden könnte", ließ Susan es nicht so leicht fallen. „Sie wissen, dass ich dort wie eine Unterwürfige behandelt werde. Könnten Sie für eine Frau arbeiten, die Sie vielleicht bereitwillig zu Füßen von, sagen wir, Sir Gregory sitzen sehen?"

„In diesem Fall bräuchten wir natürlich Grundregeln; vielleicht könnte Gregory uns dabei helfen, da ich sowohl dort als auch hier der Neue wäre", er sah sie ernst an, „Ich kann Arbeit und Freizeit getrennt halten." Wesenheiten; das habe ich schon immer getan, und in meiner Branche ist das nicht immer einfach."

„Haben Sie zumindest Bürokenntnisse?" fragte Susan vorsichtiger und stellte fest, dass ihr seine Geradlinigkeit gefiel.

„Du hast vor nicht allzu langer Zeit auch Betriebswirtschaft studiert, erzählst du mir", er grinste sie frech an und ließ sie wissen, dass er mehr über sie wusste, als ihr bewusst war.

Sie brach ihre steife Geschäftspersönlichkeit ab, drehte sich zu Cassandra um und kicherte: „Mensch, er hatte gute Antworten, nicht wahr?"

„Ich schätze, ich könnte auf ihn aufpassen, während er sich eingewöhnt. Irgendwann würde ich wirklich lieber Teilzeit arbeiten", grinste Cassandra und Mark blickte zwischen den beiden Frauen hin und her, während sie sich fröhlich unterhielten, als wäre er nicht da.

„Außerdem sieht er sehr gut aus, also wird es eigentlich keine allzu große Belastung sein."

Susan wandte sich grinsend an Mark. „Willst du den Job immer noch?"

Jetzt war Mark an der Reihe zu lachen. Er hatte das Gefühl, dass es ihm Spaß machen würde, mit diesen beiden Frauen zusammenzuarbeiten. „Ja, wann soll ich anfangen?"

„Eigentlich vor etwa drei Stunden", zuckte Susan mit den Schultern. „Ich schätze, jetzt ist es zu früh? Du könntest die anderen Bewerber anrufen und ihnen die gute Nachricht für mich mitteilen."

„Klar, warum nicht", grinste Mark zurück. „Über dieses Interview heute hinaus hatte ich keine Pläne gemacht."

„Ausgezeichnet", sagte Susan. Das war besser gelaufen, als sie gedacht hatte, und sie stellte fest, dass sie den Mann mochte, auch wenn sie seinen Motiven nicht ganz vertraute. Sie vertraute und liebte jedoch die Menschen, die versuchten, sie zu beschützen, indem sie ihre Entscheidungen manipulierten. Sie war nicht böse, und sie war froh, dass zumindest einer der Bewerber ein echtes Interesse am Geschäft und an dem Projekt hatte, das sie in Angriff nehmen wollte.

Eine Viertelstunde später ging Susan in das Vorbüro, wo Cassandra und Mark saßen: „Ich gehe wie ein braves Mädchen zu diesem Mittagessen, das auf dem Zeitplan steht, geh mit mir, Mark, und ich werde dir ein paar der anderen vorstellen. und du kannst all den guten Klatsch bekommen, den sie mir nicht erzählen.

Mark stand neben Susan und erkannte, wie klein und zierlich sie wirklich war. Er hatte es nicht bemerkt, als er hinter dem Schreibtisch saß, aber sein großer Körperbau und seine Größe ließen sie winzig erscheinen, als er neben ihr ging. Die Ungleichheit schien sie nicht zu stören und ging weiter zum anderen Ende der Chefetage. Anne blickte auf, als sie eintrat, gefolgt von dem großen Mann, und zeigte Überraschung auf ihrem Gesicht.

„Das ist mein neuer Assistent, Mark", stellte Susan ihn vor. „Das ist meine gute Freundin Anne", fuhr sie fort. „Könntet ihr zwei mir eine Minute Zeit geben mit..." Sie holte Luft, „Alan", sie hatte den Meister zum ersten Mal aus seinem Namen gestrichen und es fühlte sich einfach falsch an.

„Klar, Schatz, geh rein", lächelte Anne.

Susan betrat Alans Büro mit aller Tapferkeit, die sie aufbringen konnte. Sie machte einen doppelten Blick darauf, wie sie Andrew immer noch dort sah und merkte, dass er auch zum Mittagessen hier war. Sie hatten aufgesehen, als sie eintrat, und sie zu sich winkten, wo sie bequem Platz nehmen konnten. Sie nahm auf der Couchkante Platz und sah sie kopfschüttelnd an.

"Was ist falsch?" Fragte Alan und seine Besorgnis klang in seiner Stimme.

„Wie soll ich dir jemals voll und ganz vertrauen, wenn du mir nicht einmal sagst, was los ist?" fragte sie ruhig. „Du hättest nicht gedacht, dass ich nicht bemerken würde, dass der King Kong der Leibwächter gekommen ist, um mein Sekretär zu werden? Und dann habe ich herausgefunden, dass du ihn bestechen musstest, um überhaupt dort zu sein", endete sie traurig.

„Du wirst auf Reisen sein. Wir mussten es wissen...", sagte Alan in beruhigendem Ton, obwohl seine Wut hinter der ruhigen Fassade zugenommen hatte.

„Das verstehe ich wirklich. Ich habe einige dumme Entscheidungen getroffen und Sie haben allen Grund, nicht darauf zu vertrauen, dass ich in letzter Zeit, wenn ich alleine bin, bessere Entscheidungen treffe, aber eine Vorwarnung wäre schön gewesen", seufzte sie. „Jetzt." Für diese Leute komme ich einfach dumm aus. Wie können sie tun, was ich verlange, wenn sie mich nicht respektieren können, weil der Chef denkt, ich brauche einen Babysitter? Keiner von ihnen möchte Sekretärin für einen kleinen Sub wie mich sein, das sind sie alle Alpha-Typen; sie besitzen kleine Subs wie ich, nicht umgekehrt.

„Es ist so", sagte Alan, wobei sich seine Ungeduld leicht anmerken ließ. „Wählen Sie einfach eines aus, ich lasse Sie nicht allein durch die Landschaft streunen und sich mit Leuten aus der Fetischbranche befassen."

„Wie ich schon sagte, ich verstehe, warum Sie es getan haben, Meister, und ich liebe Sie dafür. Wenn ich mich für einen dieser Gorillas entscheide, kann ich Cassandra in Teilzeit als Projektmanagerin behalten? Ich habe eine Idee, Proben in meinem Büro aufzubewahren und Nun, mit der Renovierung könnte sie der Person, die ich ausgewählt habe, bei den kleinen Problemen helfen, die unterwegs passieren, sie hat so viel Erfahrung mit allen Dingen ... ähm in der Firma.

„Teilzeit, kein Reisen", verhandelte Alan.

„Ja, Meister", Susan schenkte ihm ein umwerfendes Lächeln. „Vielen Dank, Meister." Sie stand auf. „Einen Moment bitte, Meister."

Andrew hatte nichts gesagt, während er zusah, wie Susan ihren Willen durchsetzte. Er war überhaupt nicht überrascht, als ihr ein großer Mann zurück in Alans Büro folgte und sie ihn als ihren neuen Assistenten vorstellte. Andrew stand auf, schüttelte ihm die Hand und stellte sich vor, bevor er sich neben Susan stellte und ihr leise ins Ohr flüsterte: „Noch so ein Stunt, und wenn Alan es nicht tut, versohle ich dir den Hintern."

Susan errötete, als Alan ihr nach der Begrüßung von Mark sein umgänglich lächelndes Gesicht wieder zuwandte und es in ein Stirnrunzeln verwandelte. Als sie auf die Uhr schaute, holte sie tief Luft und öffnete den Mund, um etwas zu sagen, aber Alan hielt seine Hand hoch und knurrte bedrohlich: „Sei sehr vorsichtig, was du als nächstes sagst, Kleiner."

„Ich weiß, was ihm im Club versprochen wurde, und ich möchte sicher sein, dass einige Regeln eingeführt wurden, um ähm... unangenehmen Situationen vorzubeugen." Susan eilte trotzdem weiter und errötete tief.

„Was für Regeln? Du bist selten da, außer um ab und zu etwas zu essen", fragte Andrew neugierig und ersparte Alan damit die Mühe, die Explosion herunterzuschlucken, die kurz vor dem Überkochen zu stehen schien.

„Selbst dann", sie berührte die Kette um ihren Hals, gibt es eine Hierarchie, ich bin, was ich bin, und ich muss hier, jetzt, in meinem eigenen Büro, mit ihm etwas anders sein", sagte sie die ganze Zeit unsicher Die Tapferkeit, an der sie sich heute Morgen festgehalten hatte, war unter den Blicken der beiden Meister verschwunden, die sie respektierte und denen sie gehorchen musste.

Es war jedoch Mark, der sich zu Wort meldete und sah, wie sie unter ihrem prüfenden Blick nachließ: „Ich hatte gedacht, wenn Gregory bereit wäre, mich zu betreuen, wäre er vielleicht am besten in der Lage, einige Regeln für die dort verbrachte Zeit vorzuschlagen Persönliche Seiten sind völlig voneinander getrennt.

„Klingt vernünftig." Obwohl Alan immer noch unzufrieden mit ihrem Ansatz war, konnte er jetzt erkennen, in welche unangenehme Lage er und Andrew Susan gebracht hatten. Die Leute in der Firma, die diesen besonderen Lebensstil lebten, hatten Jobs, die am besten zu ihren Positionen passten Teil, und er konnte erkennen, dass dies zu Belastungen in der Arbeitsbeziehung führen könnte. Er wusste auch, dass die jüngsten Nachahmerdrohungen gegen den Club und das Unternehmen nicht speziell gegen Susan gerichtet waren, aber er konnte trotzdem nicht riskieren, dass ihr noch etwas passierte. Der Mann, der ihm vertraut, sich mit ihm angefreundet und ihm praktisch alles gegeben hatte, was er jetzt hatte, hatte ihm seinen wertvollsten Besitz anvertraut: Susan. Er fühlte sich jetzt stark zu ihr verbunden und wollte sicherstellen, dass sie geschäftlich erfolgreich war, unabhängig davon, wohin ihre aktuelle Lebensreise sie führte.

„Kommen Sie gegen sechs in den Club, Sie können mit uns zu Abend essen und wir können darüber reden", sagte Andrew, während er darüber nachdachte, was gesagt worden war. Ehrlich gesagt war es ihm egal, wie peinlich oder unangenehm es für sie wurde, nachdem er zuerst Kitty und dann Robert verloren hatte; Sie würde in Sicherheit bleiben, solange er ihr Vormund war.

Susan beobachtete die beiden Männer, die in diesem Moment nicht glücklich mit ihr wirkten, und sehnte sich erneut nach der Freiheit, die sie mit Sire gefühlt hatte, außerhalb dieses Käfigs, den Robert mit seinem Tod für sie errichtet hatte. Sie kaute auf ihrer Lippe, während sie sie ansah, über ihre Freiheit nachdachte und glaubte, sie hätte noch etwas anderes zu sagen. Alan setzte sich wieder hin.

„Ich sehe, dass es noch mehr zu verhandeln gibt", er sah Mark an und dann wieder sie an.

„Eigentlich eher eine Frage", hielt sie inne. „Ich treffe mich nach dem Mittagessen gemäß meinem Zeitplan mit Innenarchitekten."

„Ja", sagte Alan und hob langsam eine Augenbraue.

„Nun, mit welchem Budget muss ich spielen?" Sie schenkte ihm ein kleines Lächeln und versuchte, die Stimmung aufzulockern, indem sie sagte: „Siehst du, ich habe ein Auge auf diesen mit Diamanten besetzten Schreibtisch geworfen…"

„Wenn es nicht so peinlich gewesen wäre, dass Mark zusehen musste, wie du dafür bestraft wirst, dass du eine Göre bist, würdest du jetzt über meinem Knie liegen", knurrte Alan und sein Temperament brodelte unter seinem ruhigen Äußeren.

„Oh, machen Sie mir nichts aus", Mark hob die Hände. „Wenn Sie denken, dass sie es verdient, wer bin ich, mit dem ich streiten soll? Wäre es jemand anders als Sie beide, geschätzte Herren, würde ich es jedoch für meine Pflicht halten." eingreifen, bis ihre Erziehungsberechtigten natürlich informiert wurden."

„Guter Mann", lachte Andrew und löste die Spannung. Er stand auf und ging hinüber, hob Susan hoch und setzte sich schützend mit ihr auf seinen Schoß. Er küsste sie auf die Stirn. „Ich glaube irgendwie nicht, dass ein mit Diamanten besetzter Schreibtisch ganz Ihr Stil ist."

„Oh, ich weiß nicht, ich könnte es zumindest ein oder zwei Wochen lang ausprobieren", grinste sie ihn an.

„Ich denke, deine Zeit mit Sire hat dich zu einer Göre gemacht", kicherte er, „Du erinnerst dich an den Deal, den wir mit Gregory gemacht haben, bevor du gegangen bist. Er wird mehr tun, als dich nur zu bedrohen, er wird dich disziplinieren, wenn es nötig ist und bis dahin." Der Ausdruck auf Alans Gesicht lässt vermuten, dass du dich auf dünnem Eis bewegst.

„Ja, Meister Andrew", sagte sie leise, nachdem sie daran erinnert worden war, Gregorys Disziplinierung zuzustimmen, falls einer der Meister ihr Verhalten für inakzeptabel hielt.

Es klopfte leise an der Tür, Anne trat ein und wartete darauf, dass sie zur Kenntnis genommen wurde. Alan nickte und sie sagte leise: „Rhys, David und Jeremy sind alle hier, Meister."

„Danke, Anne. Nehmen Sie Mark mit zu dem, was Sie mit den anderen Assistenten geplant haben", sagte Alan und beobachtete den jungen Mann, der mühelos aufstand und den Raum verließ. Er hatte das ruhige Selbstvertrauen eines Mannes, der sich in jeder Situation wohl fühlte und selbstbewusst war. Für Alan sprach das Bände und die Tatsache, dass er sich offenbar wirklich für die geschäftliche Seite der Dinge interessierte, beeindruckte ihn noch mehr.

Alan hatte die Biografien der Bewerber, die es in die engere Auswahl geschafft hatten, praktisch auswendig gelernt. Er war beeindruckt, dass Susan sich für Mark entschieden hatte. Wie er selbst stammte auch Mark aus einer Familie, die sich eher für Schlägereien als fürs Geschäft eignete, aber er hatte hart daran gearbeitet, sich daraus zu befreien. Alan dachte, dass dieser Typ, sobald er seinen Schwung erreicht hatte, nicht mehr aufzuhalten sei, und nachdem er ihn persönlich kennengelernt hatte, überlegte er, ihm anzubieten, selbst sein Mentor zu sein.

*****

Das Mittagessen war wie im Flug vergangen, als Susan sich mit den anderen leitenden Angestellten traf und leidenschaftlich die Grundvoraussetzungen ihres Geschäftsplans darlegte. Sie stimmte zu, dass es noch viel zu tun gab und dass es ein langer Weg von der Idee bis zur Verwirklichung war, aber sie sprach mit Überzeugung und absoluter Gewissheit, dass sie nicht nur daran glaubte, dass es möglich war, sondern auch profitabel sein würde.

Der Nachmittag war ebenso schnell vergangen, als sie mit den Designern und ihren beiden Assistenten ihre Pläne für die Büroeinrichtung und den Vorraum, in dem sich Marks Schreibtisch befand, besprach. Ihr sprudelnder Enthusiasmus, der immer noch von dem Mittagsgespräch mit den Führungskräften herrührte, war ansteckend auf jeden, der die Büroräume betrat. Sie hatte genau den Schreibtisch, den sie wollte, auf der Jova-Möbelseite mit einem Lesezeichen versehen, und obwohl dieser nicht verfügbar war, wusste die preisgekrönte Innenarchitektin, wo sie ein ähnliches, speziell für sie entworfenes Stück bekommen konnte.

Man nahm Kontakt zu einem Künstler auf und es schien, als ob alles passte, sodass sie am Ende ihres ersten Tages zurück im Unternehmen glücklich war. Glücklich, dort zu sein, glücklich mit den Entscheidungen, die sie getroffen hatte, sogar glücklich, ihre Gedanken zu Robert schweifen zu lassen und zu wissen, was er von all dem halten würde, was sie tat. Sie lächelte, als Mark hereinkam. „Was für ein Tag."

„Es ist noch nicht vorbei und wenn alles in Ordnung ist, würde ich jetzt gerne gehen, damit ich genug Zeit habe, nach Hause zu gehen und mich umzuziehen, bevor ich Andrew heute Abend zum Abendessen treffe?" Mark zupfte an seiner Jacke.

„Meine Güte, sieh dir die Zeit an. Es tut mir so leid, du hättest schon vor einer Ewigkeit gehen können, ich war in die Pläne und Details vertieft", murmelte sie entschuldigend zu ihm und er fing ihre Hand auf, wie sie sie fest in seiner hielt.

„Hey, es ist okay! Du bist der Boss, denk dran, und ich bin genauso begeistert wie du, zu sehen, wie alles von Grund auf passiert", sagte er. „Ich bin einfach froh, hier zu sein, also treffe ich Sie zum Abendessen im Club und machen Sie sich keine Sorgen, wir werden schon etwas ausarbeiten." Er ließ sie ihren Gedanken überlassen. Sie schaute auf ihren eigenen Anzug hinunter und fragte sich, ob sie sich auch zum Abendessen umziehen sollte. Plötzlich war ihr peinlich, dass Mark sie in einigen der freizügigeren Teile ihres Kleiderschranks sah, aber sie wusste, dass sie sich umziehen und frisch machen sollte.

Sie rief die Nummer an, die ihr für Lincoln gegeben worden war, der sich bereit erklärte, sie vor dem Gebäude zu treffen, schnappte sich ihre Aktentasche, legte die Dateien, an denen sie gearbeitet hatte, hinein und fügte ihr Android hinzu. Als sie hinausging und die Bürotüren schloss, gab es dort noch keinen Grund zur Sorge, aber schließlich hatte sie ihren eigenen Raum und die Planung für diesen Nachmittag hatte ihr das Gefühl gegeben, dass sie Eigentümerin davon sei. Sie wartete auf den Aufzug und dachte immer noch über ihre Pläne nach. Sie fühlte sich selbstbewusster als je zuvor in ihrem Leben, wer sie war und was sie tat. Es kam ihr nie in den Sinn, dass das so war, weil sie endlich selbst Entscheidungen traf, vor allem weil es so viele Menschen um sie herum gab, die die Entscheidungen, die sie traf, beeinflussten.

„Oh, gut, du bist noch nicht gegangen", unterbrach Anne ihre Gedanken, als sie in dem kleinen Raum auftauchte, in dem Susan wartete. „Meister, würde Sie gerne sehen, bevor Sie gehen." Anne schien aufgeregt und ergriff ihre Hand, rannte fast zurück zu ihrem Schreibtisch und ließ Alan wissen, dass Susan da war und darauf wartete, ihn zu sehen.

„Geh rein", sagte sie leise, als sie Susans Blick nicht ganz erwiderte, was sie beunruhigte und anfing, auf ihrer Lippe zu kauen, als sie die Tür öffnete und Alans Büro betrat. Er stand mit verschränkten Armen auf der Kante seines Schreibtisches zurückgelehnt.

„Da", er zeigte auf eine Stelle auf dem Teppich, die etwa zwei Meter von ihm entfernt war, „Auf deinen Knien." Seine Stimme war nicht hart, sondern todernst.

„Heute hat es mir zwei Dinge bewiesen, Kleiner", begann Alan, als sie vor ihm kniete. „Das erste ist, dass Sie eine kluge, fähige junge Frau sind und genauso hart, wie Robert immer gesagt hat." Er hielt kurz inne und beobachtete, wie sie mit besorgter Miene auf ihrer Lippe kaute. „Das zweite ist, dass du viel zu lange viel zu sehr verwöhnt wurdest. Robert war in gewisser Weise viele Jahre lang mein Idol. Wir hatten zwar unsere Differenzen, das stimmt, aber ich habe immer seine Leidenschaft und sein feines Gespür dafür respektiert, was er wollte." Sei der Beste und verlange das Beste von allen, die ihm am nächsten stehen.

Er machte einen Schritt auf sie zu. „Was glaubst du, hätte er heute von deiner List gedacht? Ich habe zu keinem Zeitpunkt gesagt, dass Cassandra nicht in einer Teilzeitbeschäftigung bleiben sollte. Tatsächlich habe ich genau das heute Morgen gesagt; dass sie Ihnen weiterhelfen würde, nur nicht als Vollzeitbetreuerin. Seine Stimme war schroff geworden und zeigte seine Wut und Enttäuschung. Er war zufrieden mit der Röte, die ihr in die Wangen stieg, und dem Ausdruck der Enttäuschung auf ihrem Gesicht.

„Dennoch bist du hier reingekommen und hast versucht, deinen Willen durchzusetzen, indem du süß und süß warst, obwohl es nichts anderes als eine Täuschung war, die dazu gedacht war, deinen eigenen Willen durchzusetzen", er starrte sie eindringlich an. „Die Susan, die ich kenne, und was noch wichtiger ist, das Mädchen, das Robert liebte und zu trainieren begann, wäre nie so ein Bengel gewesen. Du fragst nach dem, was du willst. Ich werde es dir sagen, wenn du es haben kannst." Seine Stimme war wütend geworden: „Ich werde nicht mit dir verhandeln, noch werde ich mir einen weiteren brutalen Stunt wie heute gefallen lassen. Mache ich mich klar?"

„Ja, Meister", sagte Susan mit großen Augen, als sie diese andere Seite von Alan betrachtete. „Es tut mir so leid, Meister, Sie haben Recht." Sie machte sich nicht die Mühe, ihr Verhalten zu erklären, sie wusste, dass er Recht hatte, und Robert hätte die Art und Weise, wie sie das bekam, was sie wollte, nicht gefallen.

„Ich bin hier der Geschäftsführer. Sogar Rhys erweist mir die Gefälligkeit, seine Pläne von mir durchführen zu lassen, und ich vertraue darauf, dass er seine Abteilung autonom leitet", stieß er einen langen, zischenden Atemzug aus. „Ihr Plan hat seine Berechtigung und ich würde Ihnen gerne dabei helfen, ihn in die Tat umzusetzen, aber seien Sie sich bewusst, dass er weggenommen werden kann und wird, wenn Sie noch einmal die Grenze überschreiten und vergessen, wer ich hier bin." Enttäuscht schüttelte er den Kopf. „Ich kannte Robert und wusste, was er von dir wollte, nämlich keine freche kleine Schlampe zu sein, ihre Unterwürfigkeit oder ihre Schönheit als Waffe zu nutzen, um ihren Willen durchzusetzen, und du wirst jemandem helfen, den ich wähle." Übernimm es. Du bist eine schöne und starke junge Frau. Deine Unterwerfung ist ein Geschenk, kein Tauschchip, der als Mittel zum Zweck verwendet werden kann. Wenn du Nachsicht willst, geh zu Andrew, er scheint deine neu entdeckte Frechheit zu genießen, aber Das Mädchen, das ich kenne und liebe, das Mädchen, das Roberts Herz erobert und alle unsere Welten hier verändert hat, würde sich niemals so verhalten.

Alan hatte fast nachgegeben, als er sie beschimpfte, als ihr die Tränen langsam übers Gesicht liefen. „Erinnere dich daran, wer du wirklich bist und wer du sein solltest", sagte er in einem sanfteren Ton. Er ging auf sie zu , bückte sich und hob sie vor sich auf die Füße. Er fuhr mit einer Hand um die Kette, die ihren Hals umgab: „Du bist nicht irgendein gewöhnliches Mädchen. Du bist etwas Besonderes und wichtig für viele Menschen. Du bist hier nicht nur eine Praktikantin, du bist eine Partnerin und eine Führungskraft für dich." Richtig. Du musst ein Gleichgewicht finden und den Erwartungen von Robert gerecht werden , denn er kannte dein wahres Potenzial am besten und hat dir die Gelegenheit gegeben, zu glänzen."

Er schloss sie in seine Arme. „Ich habe Andrew gebeten, sich von Ihrer Ausbildung in der Branche zurückzuziehen, und obwohl ich Bedenken habe, werde ich mich von Ihrem Bedürfnis distanzieren, diesen Lebensstil und seine verschiedenen Facetten zu erkunden. Ich weiß, wer Sie sind", er zog sie von seinem Körper weg und schaute ihr in die Augen, „und das ist nicht einer von James oder Sires kleinen Gören. Also lasst uns das hinter uns lassen." Er küsste sie auf die Stirn. „Wenn Sie etwas wollen, kommen Sie mit einem gut durchdachten Vorschlag zu mir. Zeigen Sie mir die Entwürfe und Kosten für die Büroeinrichtung, die Sie planen, und ich werde das Budget genehmigen, aber ich werde Ihnen nicht nur ein offenes Budget vorlegen spiel damit, wie du es so treffend ausdrückst.

„Ja, Meister", sagte Susan mit unsicherer Stimme.

„Gut", Alan sah auf sie herab, „ich möchte nicht, dass du zu dem Abendessen, das du für heute Abend geplant hast, zu spät kommst, also kannst du gehen, aber..." Er ließ ein kleines Lächeln über sein Gesicht huschen, als er sprach seine eigene, so hoffte er, überraschende Wendung, wie sie es zuvor getan hatte. „... gemäß Ihrer Trainingsvereinbarung mit den Meistern, die sich um Sie kümmern, wird Gregory Sie heute wegen Ihres unangemessenen Verhaltens disziplinieren." Susan schnappte nach Luft und sah ihm in die Augen, um zu sehen, ob er scherzte, aber in seinen Augen lag keine Lüge.

„Er wurde informiert, und da Robert sein Freund und Mentor war", Alans Lächeln wurde breiter und er begann, sie zur Tür seines Büros zu führen, „Auch er war sehr enttäuscht von Ihrem Verhalten."

„Oh nein", Susan senkte den Kopf und spürte, wie ihr ein erwartungsvoller Schauer über den Rücken lief.

„Wir sehen uns morgen früh, Kleines. Ich möchte, dass du dich von nun an jeden Tag bei mir meldest, wenn du gehst", sagte Alan, als sie in den Vorraum trat. „Komm bitte rein, Anne." Sagte Alan, und

Anne sprang auf, schloss die Tür hinter sich und ließ Susan nur mit ihren eigenen Gedanken zurück, während sie langsam zu den Aufzügen ging. Alan hatte nicht die Absicht, Susan eine Schulter zum Ausweinen zu geben, er wollte, dass sie über das nachdachte, was er gerade gesagt hatte.

„Was hatte sie gedacht?" sie beschimpfte sich selbst. Alan war der Geschäftsführer, der Chef, natürlich musste sie die Dinge auf seine Weise erledigen; Sie war eine Göre gewesen, und jetzt wusste Gregory es. Gregory mit all seiner Ritterlichkeit und seinem Gerechtigkeitssinn hatte sie beide enttäuscht, und das Schlimmste war, dass sie, nachdem es deutlich geworden war, von sich selbst enttäuscht war. Sie gab zu, dass alles, was Alan gesagt hatte, wahr war. Robert hätte niemals zugelassen, dass sie in irgendeiner Form eine Göre wäre. Sie blinzelte schnell und zwang die Tränen aus ihren Augen, als sie durch das Foyer und hinaus zum wartenden Wagen ging.

Lincoln lächelte, öffnete ihr die Tür und murmelte: „Alles in Ordnung, Miss Biancotti?"

„Nennen Sie mich bitte Susan, mir ... mir geht es gut", lächelte sie halb und verschwand im Auto.

*****

Unbemerkt hatte ein großer Mann zugesehen, wie Susan das Gebäude verließ. Er bemerkte den verzweifelten Ausdruck auf ihrem Gesicht, als hätte sie geweint. Er stieg auf sein Motorrad, bog in den Verkehr ein und folgte dem schwarzen Auto, das sie festhielt. Als er sah, wie sie im Parkhaus unter dem Club verschwanden, raste er davon. Es genügte ihm, dass er wusste, dass sie zurück war, und dass er wusste, wo er sie finden konnte. Zur Zeit...

*****

Susan kniete auf einem Kissen im Arbeitszimmer des Managers, den Blick auf den Boden gerichtet. Sie hätte es besprechen, mit einem Plan zu Alan gehen und erkennen sollen, dass in ihm mehr steckte als nur der alberne, kluge Mann, der einst mit ihrer Mutter geflirtet hatte. Er war der CEO eines der reichsten Unternehmen des Landes, und sie hatte ihn respektlos behandelt, weil sie dachte, sie sei mit dem Trick, den sie machte, um Cassandra in ihrer Nähe zu halten, so clever. Ihre Gedanken schwankten zwischen Freude darüber, dass Cassandra bleiben würde, und Trauer darüber, wie enttäuscht Alan, ihr Freund und Vormund, sie angesehen hatte.

Gregory saß auf einem Stuhl direkt vor Susan und genoss den Moment. Seit den gefährlichen Liebschaften, zu denen sie ihn im Strandhaus ermutigt hatte, hatte er sich Sorgen gemacht, dass die anderen Meister ihren Launen übermäßig nachgegeben hätten. Er war froh gewesen, als sie etwas Verantwortung für ihr eigenes Leben gezeigt hatte, bis sie einen anderen gefunden hatte, der ihre Unterwerfung wertschätzte, und war noch glücklicher, dass er derjenige sein würde, der für ihre Sicherheit sorgen würde. Ihre Rückkehr mit einer solchen Einstellung war jedoch nicht erwartet worden, und er wollte ihr klar machen, dass dies höchst unerwünscht war.

Im Gegensatz zu den anderen Freunden von Robert hatte er keinerlei Nachsicht gegenüber ihrer Trauer. Sie war mit ihrem Plan, weiterzumachen, zu ihnen gekommen und hatte gezeigt, dass sie dazu bereit war. Er hatte keinen Zweifel daran, dass Robert und die Lektionen, die er ihr beibrachte, für immer bei ihr bleiben würden, aber wenn sie jemals wieder ihren Platz finden sollte, war es an der Zeit, weiterzumachen und die Möglichkeiten zu erkunden, die sie umgaben. Er behielt den enttäuschten Gesichtsausdruck bei, als er sie ansprach.

„Was kommt als nächstes? Werden Sie Wutanfälle bekommen, wenn die Meister Ihnen nicht Ihren Willen geben?" Sagte er mit rauer Stimme. „Sich auf den Boden werfen und mit den Füßen treten?"

„Nein, Sir Gregory", sagte sie leise und riskierte einen Blick zu ihm, um die Aufrichtigkeit zu zeigen, die in ihren Augen zu leuchten hoffte. „Ich habe nur..." sie hielt sich davon ab, sich zu entschuldigen.

„Bist du was?" Gregory knurrte. „Haben Sie beschlossen, Cassandra in ein frühes Grab zu befördern? Haben Sie beschlossen, die Tatsache zu ignorieren, dass Alan gesagt hatte, dass sie da sein würde, um zu helfen, Sie aber aufgrund der vielen Reisen eine andere Assistentin brauchten? Ist Ihnen überhaupt in den Sinn gekommen, dass es hier nicht um Sie ging?" sondern eher etwas, was Cassandra verlangt hat?" Gregory wusste, dass Cassandra nicht reisen wollte und Flugzeuge hasste; Er wusste, dass Alan sie gebeten hatte zu bleiben, um Susan einen Gefallen zu tun. Er war wütend darüber, dass das Mädchen zu seinen Füßen nicht einmal über diese Dinge nachgedacht hatte, sondern vielmehr Menschen, denen sie am Herzen lag, manipulierte, um ihren Willen durchzusetzen.

„Cassandra würde dir zu diesem Zeitpunkt niemals verweigern, was du verlangt hast", sprach er zu ihrem überraschten und verwirrten Gesichtsausdruck. „Du wirst von genau den Menschen verwöhnt, die dich lieben, und das, Kleines, hat dich zu einer selbstsüchtigen, egozentrischen Göre gemacht", schüttelte er den Kopf.

„Ich habe es einfach nicht getan... ich meine...", sie schluckte und hielt ihre Tränen zurück. „Es tut mir so sehr leid, Sir Gregory. Sie haben Recht. Ich habe mich gegenüber den Menschen, die sich um mich kümmern, schrecklich verhalten." Sie fühlte sich schrecklich, dass Cassandra nicht das Gefühl hatte, ihr direkt sagen zu können, was sie fühlte, und dass sie ihr nicht zugehört hatte, als sie mehrmals gesagt hatte, dass sie in Teilzeit viel glücklicher sei. Der gute Tag wurde immer schlimmer und jetzt hatte sie nur noch Schuldgefühle.

Gregory sagte nichts mehr; Er bückte sich, hob sie hoch und legte sie auf seinen Schoß. Susan leistete keinen Widerstand; Sie ließ ihren Kopf über seine Beine hängen und akzeptierte die Tracht Prügel, die sie gleich bekommen würde. Gregory ließ sich Zeit und genoss die weiche

Haut auf dem perfekt gerundeten, nach oben gerichteten Hintern, der sich zeigte, als er ihren Rock hochhob. Seine Hand senkte sich mit einem kräftigen Schlag, und das Geräusch seiner Handfläche, die auf das Fleisch aufschlug, hallte musikalisch durch den Raum.

Er verlor sich in den angenehmen Geräuschen seiner Hand, die ihr Fleisch berührte, und ihrer Antwort auf Keuchen, Wimmern und keuchende Schreie, und versohlte sie, bis sie beide den Überblick verloren und sein härter werdender Schwanz nicht mehr durch reine Willenskraft abgeschreckt werden konnte. Er streichelte das geschwollene rote Fleisch, spürte die Hitze, die von ihm ausging, bevor er eine Hand zwischen ihre Beine schob, die Nässe spürte und ihrem bedürftigen Wimmern lauschte.

Susan wand sich, die Hitze der Tracht Prügel war in sie eingedrungen und längst über den Punkt des Schmerzes hinaus in innere Wärme übergegangen, die ihr Bedürfnis nährte, genau so behandelt zu werden. Sie rollte ihre Hüften, während er ihren heißen, stechenden Hintern streichelte und wimmerte vor Vergnügen, als seine Hand zwischen ihre Beine fuhr. Sie weitete bereitwillig ihre Schenkel zu seinen sanften Liebkosungen und ihr Atem beschleunigte sich wieder.

Plötzlich spürte er selbst die Bestrafung, hob sie wieder hoch, trug sie in eine Ecke des Zimmers und platzierte sie mit dem Gesicht zur Verbindungsstelle zweier Wände. „Gehen Sie zur Wand und machen Sie kein weiteres Geräusch, sonst würge ich Sie. Das ist eine Bestrafung, kleine Göre, und nicht die Zeit, Ihr Verlangen zu stillen." Er knurrte und ließ sie dort knien, während er zu seinem Schreibtisch zurückkehrte.

Susan hätte wieder weinen und ihn anflehen können, sie zu benutzen, so groß war ihr Bedürfnis in diesem Moment, aber sie gab keinen Ton von sich und blinzelte mit ihren tränenreichen Augen. Sie kniete lange Zeit, während Leute das Büro betraten und verließen, einige Stimmen kannte sie, andere nicht. Ihre Demütigung stand im

Widerspruch zu der Tatsache, dass sie wusste, dass sie es verdiente, bestraft zu werden.

Als sie endlich spürte, wie Gregorys Hände sie aufrichteten, schmerzten ihre Knie mehr als nur und ihre Oberschenkel waren fast taub von der Anstrengung, in dieser Position zu bleiben, anstatt sich auf die Fersen zu setzen. Sie beschwerte sich nicht, als er ihr Gesicht reinigte, und ging sehr vorsichtig neben ihm her, während er sie aus seinem Büro ins Esszimmer und zu einem Tisch führte, an dem sich Leute befanden, die sie als Freunde betrachtete.

„Es tut mir so leid, wenn ich dich aufgehalten habe", sagte Susan leise und blickte sich am Tisch um. Andrew und Barry sahen sie lächelnd an und fügten hinzu, dass sie es nicht eilig hätten, die Küche sei immer bis spät in die Nacht geöffnet. Mark hingegen war verwirrt über den Unterschied zwischen der lebhaften jungen Frau, die er heute Abend bei der Arbeit zurückgelassen hatte, und der zurückhaltenden, ruhigen jungen Frau, die sich zum Abendessen an seinen Tisch setzte.

Gregory gesellte sich zu ihnen und zwei hübsche Kellnerinnen brachten ihnen ihr Hauptgericht direkt aus der Küche. Barry schien Susan zu beobachten, als sie die kleinen verpackten Päckchen probierte, und sah, wie das Staunen über ihr Gesicht huschte und sie grinste. Sie blickte zu ihm auf und er zwinkerte ihr zu, sodass sie leise lachte und sich an die Nacht erinnerte, in der er sie in der Kava-Taverne besucht hatte.

„Sie sind großartig. Ich kann nicht glauben, dass Anna dir das Rezept gegeben hat", murmelte Susan und war immer noch unsicher, wie sie Barry ansprechen sollte. Er wirkte nicht so steif und förmlich wie Sir Steven, dennoch betrachtete sie ihn nicht als einen Entweder fragte sich der Meister, wie lange sie es aushalten konnte, ohne ihn mit seinem Namen anzusprechen, bevor es jemand bemerkte.

Während des Essens erzählte Susan einige ihrer Geschichten über den Besuch abgelegener Naturwunder und hoffte, dass sie einige der Fotos sehen würde, die Sire dort gemacht hatte. Gregory und Mark stellten fest, dass sie ein gemeinsames Interesse an mittelalterlicher Geschichte hatten und diskutierten einige der Ereignisse im örtlichen Kalender, wie das Festival der Abbey Church. Barry ging, um sich um eine kleine Krise in der Küche zu kümmern, und Andrew streckte die Hand aus, um Susans Hand zu nehmen.

„Du siehst müde aus, Kleines", lächelte sie sie an, seine Zuneigung deutlich in seiner Stimme und Berührung.

„Es war ein großer Tag; ich muss noch viel lernen und viel tun", erwiderte sie sein Lächeln, „und morgen muss ich mich vielmals entschuldigen." Sie bemerkte, dass Gregory und Mark aufgehört hatten zu reden und drehte sich zu ihr um. „Vieles von dieser Arbeit muss ich heute Abend vor meinem morgigen Treffen erledigen. Wenn es Ihnen also egal ist, meine Herren, wäre es dann in Ordnung, wenn ich jetzt nach oben gehe?"

„Natürlich", sagte Andrew.

Susan zögerte. „Ich ähm... ich habe mich gefragt, ob mich jemand zu den Aufzügen begleiten könnte ". Sie schluckte. „Trotzdem fühle ich mich ein bisschen verletzlich, wenn ich alleine durch diesen Ort gehe." Sie berührte die schwere Goldkette um ihren Hals. Da sie in dem Gebäude wohnte, besaß sie den Schlüssel zu den Aufzügen, aber es war ihr immer noch unangenehm, abends alleine herumzulaufen. Sie war heute Abend auf dem Weg nach unten an der Rezeption stehen geblieben und hatte angerufen, damit Gregory sie an den Aufzügen treffen würde.

„Ich werde mit dir gehen", bot Mark an, „Meine neue Chefin ist eine Frau, und ich sollte mich besser ausruhen, bevor ihr klar wird, dass es keine so gute Idee ist, mich wegen meines hübschen Jungen-Aussehens einzustellen." Er zwinkerte ihr zu und kicherte.

„Es gibt ziemlich viele, die um diese Nachtzeit kommen und gehen", sagte Gregory verständnisvoll, „Ich werde dich zu deiner Wohnung bringen."

„Komm morgen mit mir frühstücken, Kleiner." Andrew küsste sie auf die Stirn, als auch er aufstand.

„Sicher, Meister", sie lächelte ihn an. Er war im Moment ein Anker in ihrer Welt, und das brauchte sie mehr, als ihr bewusst war, und umarmte ihn impulsiv und ungewöhnlich. „Vielen Dank für alles", platzte sie heraus und drehte sich um, während sie mit Gregory und Mark davonging. Als sie durch die Salonbar gingen, streckte Gregory eine Hand aus und legte ihr eine Hand um den Nacken, so wie es Robert hier an diesem Ort getan hatte. Unfähig, sich zu beherrschen, zuckte sie zusammen und zitterte, als wäre sein Geist dort gewesen, was Gregory erschreckte, der besorgt auf sie herabblickte.

Mark stieg im Erdgeschoss aus und verabschiedete sich von ihnen, und Gregory und Susan stiegen schweigend die oberen Stockwerke ihrer Wohnung hinauf. Als Gregory mit ihr ausstieg und ihr die Tür öffnete, sagte sie leise: „Als wir gingen, stimmte etwas nicht, hat das jemand getan?"

„Es war einfach... ich meine, Robert hat immer... oder immer seine Hand um meinen Nacken gelegt, als wir unten im Club waren", sagte sie leise. Was Gregory betraf, war Ehrlichkeit die einzige Antwort auf seine Fragen, er ließ nicht zu, dass sie es nur als einen Schauer ausgab.

„Du wirst dich daran gewöhnen", nickte er. „Schlaf gut, Kleines, bleib nicht zu lange auf und arbeite."

„Ja, Sir Gregory", sagte sie überrascht über seine Antwort. Vielleicht hatten er und Alan recht. Vielleicht war sie verwöhnt. Sie hatte eher eine Art Entschuldigung erwartet als die Aussage, dass sie sich daran gewöhnen würde.

Sie ging in ihr Zimmer und zog sich aus, bevor sie sich mit ihrer Aktentasche auf ihr Bett legte, um den geänderten Geschäftsvorschlag noch einmal zu lesen, bevor sie schlafen ging. Ihre Gedanken waren immer noch voll von dem Gefühl von Gregorys Händen auf ihr, als sie ihre Hand zwischen ihre Beine tauchte.

ENDE

89